Ferenc Karinthy
Das goldene Zeitalter

Ferenc Karinthy
Das goldene Zeitalter

Roman

Aus dem Ungarischen
von György Buda

Mit einem Nachwort
von Marion van Renterghem

SchirmerGraf Verlag
München

Die ungarische Originalausgabe wurde 1972 unter dem Titel »Aranyidő« veröffentlicht. Sie erschien erstmals 1997 auf französisch unter dem Titel »L'Âge d'or« bei Éditions Mille et Une Nuits und 2005 bei Éditions Denoël in Paris.

ISBN 3-86555-031-2
ISBN 978-3-86555-031-6

Gestaltung nach einer Idee von Paul Barnes, London
Umschlag unter Verwendung der Photographie »Dr. Riegler und J. Greno« (München 1933) von Josef Breitenbach
(© The Josef Breitenbach Foundation, New York)
Gesetzt aus der Berthold Caslon
Satz: Uwe Steffen, München
Druck und Bindung: Ebner & Spiegel, Ulm
Printed in Germany

www.schirmer-graf.de

Der Apponyiplatz in der Stadtmitte war voll von riesigen Betonpyramiden. Das Wetter war kalt und trocken, der Himmel bedeckt. Von weitem hörte man das Grollen der schweren Artilleriegeschütze, und trotzdem hatten immer noch einige Läden in der Petőfi-Sándor-Straße geöffnet, da waren noch ein paar Weihnachtseinkäufer in letzter Minute; vier zerlumpte Arbeitsdienstler, mit gelber Armbinde, wurden irgendwo von einem mit einem Gewehr bewaffneten Soldaten begleitet. Józsi Beregi kaufte an der Straßenecke eine Zeitung und überflog sie, ohne dabei stehenzubleiben. Die Schlagzeile kündigte fettgedruckt das Kriegskommuniqué an, gefolgt von einer Erklärung des Generalobersten Heszelényi: »Wir werden in Kürze unsere historischen Grenzen zurückgewinnen.« Beregi las das alles nur diagonal, dann blätterte er weiter bis zum Sportteil.

Beim Spiel Újpest gegen Ferencváros mußten die Grün-Weißen mit Ersatzspielern, ohne den großen Sárosi, antreten, während die Mannschaft von Újpest vollständig war und sogar Verstärkung von Nagymarosi hatte, der auf Fronturlaub war – es würde ein sicherer Sieg, meinte ihr Trainer.

»Holla«, murmelte Beregi, dann ging er an der Kirche vorbei und bog nach links in die Reáltanodastraße ein. Er begegnete niemandem im Treppenhaus, und doch hatte Nelli wohl hinter der Wohnungstür auf ihn gewartet, denn sobald er klingelte, machte sie auf.

»Mein Süßer!« Sie zog ihn ins Vorzimmer. »Unglaublich! Endlich bist du da! Ich hab so um dich gezittert. Zeig dich mal … Du hast abgenommen, weißt du. So hat sich diese Schlampe von Karoline also um dich gekümmert? Ich hatte dich doch gewarnt: Was konntest du dir bei diesem Luder schon erhoffen? Bei so jemandem ist doch nichts zu holen, mein Kleiner, die war doch nie was anderes als eine Hungerleiderin und wird's auch bleiben; wundert mich sowieso, daß du sie so lange ertragen konntest … Warum hast du keinen Hut? Du erkältest dich noch. Los, erzähl schon, was machst du so? Wann hast du meine Nachricht bekommen? Hat dich auch niemand im Haus gesehen? Ach, wie freu ich mich, dich zu haben, komm her, du hast mir noch nicht mal einen Kuß gegeben … Ach so, ja: Hast du eigentlich irgendwelche Papiere?«

»Irgendwas habe ich schon«, sagte Beregi und zog seinen Mantel aus, nahm dann die Krawatte ab.

»Ich versteck dich, mein Herzchen, nicht mal der liebe Gott wird dich finden; daß er dich ausgerechnet mit dieser unglückseligen Konfession erschaffen mußte … Laß mich dich anschauen: Groß bist du ja, und dunkel bist du auch!« Sie vergrub ihre Finger in dem dichten schwarzen Männerhaar. »Zuallererst läßt du dir einen Schnauzbart wachsen, so einen langen, der rechts und links herunterhängt. Ich selbst kann so was zwar nicht ausstehen, aber so wird sich deine Visage völlig verändern, und du wirst aussehen wie ein Bauer. Wir brauchen bloß zu sagen, daß du ein Flüchtling aus Siebenbürgen bist, ein Verwalter oder ein Volksschullehrer oder ein Metzger oder so was … Auf jeden Fall wirst du genau das tun, was ich dir sage, jetzt ist Schluß mit dem Bummeln und Herumzigeunern, begib dich ganz in meine Hände, hab vollstes Vertrauen, es wird alles gutgehen, wir werden hier leben wie zwei Turteltäubchen. Das hier ist meine Wohnung, da darf niemand rein, und wir wissen schon, wie wir die Zeit herumbringen werden, das geht niemanden was an, stimmt's? … Ach, mein Süßer, mein kleiner Józsi, wenn du wüßtest, wie ich an dich gedacht habe!«

»Was gibt's zum Abendessen?« fragte Beregi.

Am Abend zündete Nelli den Weihnachtsbaum an. Unter dem nicht großen, aber reichlich und geschmackvoll geschmückten Baum warteten ein Paar Socken aus dicker Baumwolle, in Zellophan eingewickelt. Beregi hatte als Nachtisch Marzipan mitgebracht; auf der Schachtel steckte ein winziger roter Nikolaus, der eigentlich anachronistisch war. Die Festtagsmusik kam aus dem Radio, Nelli begann sogar leise *Alle Jahre wieder* zu summen; er zog ein Päckchen Zigaretten aus seiner Tasche und stieß aus gerundeten Lippen Rauch aus.

Zum Essen gab's serbischen Karpfen, mit Sauerrahm und Speck serviert und mitgebratenen Kartoffeln; danach einen Nuß-Mohn-Strudel und eingelegte Birnen.

»Ich habe sie in Zitronenwasser garen lassen, nach meinem ganz persönlichen Rezept …«, sagte Nelli und stopfte sich ein großes Stück in den Mund. Ich habe heute früh meine Vorräte überprüft, da sind noch Marillen, Zwetschgen, Sauerkirschen, Melone: siebenundfünfzig Einweckgläser … Und Mehl: sechs Kilo; Zucker: drei Kilo; zwei Kilo Gänseschmalz, zwei dicke Bauernwürste, ein Stück Geselchtes, eine halbe Seite Speck, sechs Dosen Leberpastete, Eier: nur vier, aber ich habe Eipulver … Also, verhungern werden wir nicht.«

»Fleisch?« fragte er.

»Dieser Mistkerl von Schiffler, der Metzger, hatte mir zu Weihnachten eineinhalb Kilo Koteletts versprochen, aber natürlich hat er mich reingelegt, er war nicht mal in seinem Laden, nur sein Angestellter. Nach dem, was man so hört, bringt er sein Fleisch den Juden, ins Getto; Schwarzmarkt.«

»Aha.« Der Mann brummelte etwas; er betrachtete Nellis Hals im Ausschnitt ihres Kleides. Wie weiß er war und weich, mit diesem hellen Flaum; und wenn er hineinbeißen würde, wie lange wohl die Abdrücke seiner Zähne sichtbar bleiben würden? Wahrscheinlich mehrere Tage: Die Haut dieser molligen, blonden Frauen ist immer ein bißchen empfindlicher.

»Was schaust du denn so, mein kleiner Spinner?« lachte Nelli auf. »Laß mich doch wenigstens noch den Tisch abräumen.«

Gegen neun Uhr ertönte ein ohrenbetäubender Lärm; die Geschosse mußten ganz nah eingeschlagen haben; die Fensterscheiben hinter den zugezogenen Vorhängen klirrten. Auf dem Flur hörten sie das Getrappel der anderen Mieter, die sich zum Luftschutzkeller begaben. Sie hörten diese Geräusche, ohne sich zu bewegen, einer sagte, die Russen hätten die Stadt umzingelt. Aber sie, sie blieben nach kurzem Zögern oben in der Wohnung. Das Haus war umgeben von hohen Gebäuden, und die Wohnung befand sich im ersten Stock. Nelli machte das Licht aus, sie legten sich im Dunkeln hin. Beregi zog seinen Pyjama an; er hatte ein wenig Wäsche in einem kleinen Vulkanfiberkoffer mitgebracht, ein Paar Hausschuhe und Rasierzeug. Sie hörten dem Kanonendonner, dem Dröhnen der Bomber zu.

»Weißt du, um diese Uhrzeit gehe ich normalerweise in die Mitternachtsmesse«, flüsterte Nelli. »Sie ist so wunderschön nachts, die Kirche am Universitätsplatz. Der Duft der Tannenbäume, der Duft nach Schnee, der Duft des Winters, das Schimmern der Kerzen, alle Leute singen, ich schwör dir, ich kann nicht aufhören zu heulen …«

Aus dem Hof drangen Stimmen: Gyulavári, der Hausmeister, schimpfte, man sollte die Kellertür zumachen.

»Was ist das für ein Typ?« fragte Beregi.

»Ein ziemlicher Dreckskerl. Er steckt eine Menge Trinkgeld ein und hört trotzdem nicht auf zu fluchen und zu schimpfen, wenn er mal die Tür aufmachen muß. Aber immerhin, zu mir läßt er keine Betrunkenen oder sonstige Ganoven herauf, solche Besucher kommen zu mir nicht, lieber würde ich nichts zu essen haben … Manche hier denken, in ganz Budapest gibt es kein vornehmeres Haus. Schau, zum Beispiel Frau Ferenczy, die so tut, als sei sie erschüttert darüber, im selben Gebäude wohnen zu müssen wie gewisse Personen. Ja, ja, gewisse Personen, sie hat ja schließlich eine große Tochter, für die sie verantwortlich ist … Dieses alte Weibsstück, das solltest du mal sehen, was die für ein heuchlerisches Gesicht aufsetzt, wenn wir uns im Treppenhaus begegnen.«

»Wieso, wie alt ist sie denn?«

»Ein Wrack ist sie noch nicht gerade, das kann man nicht sagen; es ist eher dieses frömmlerische Getue … Und dann dieses Tamtam, das sie um ihren entzückenden Sprößling macht; meine kleine Adrienne hier, meine kleine Adrienne da, mein Kindchen, meine Schöne … Unentwegt wird dieses magere Gestell herausgeputzt und ausstaffiert …«

»Ach, es ist ein ganz junges Mädchen?« fragte er.

»Und was für ein scheinheiliges! Vor ihrer Mutter schlägt sie die Augen nieder wie jemand, der nicht bis drei zählen kann. Aber wenn du siehst, wie sie auf dem Károlyiplatz mit den Burschen flirtet … sie kokettiert sogar mit den Offizieren. Das wird bestimmt mal ein raffiniertes Weibsstück …«

»Eine Blonde?«

»Eine falsche, meiner Meinung nach. Ansonsten ist sie ganz niedlich, mit ihren schelmischen Augen, ihrem Himmelfahrtsnäschen und ihrer Art, mit ihrem kleinen runden Po zu wackeln …«

»Glaubst du wirklich, sie hat schon was mit den Offizieren gemacht?«

»Na, na, sie scheint dich ja ziemlich zu interessieren!« Nelli hob ihren Kopf vom Kissen. »Józsi, ich rate dir, dich anständig zu benehmen, selbst wenn wir das Pech haben sollten, eines Tages mit den anderen in den Luftschutzkeller hinunterzumüssen. Scharwenzel nicht um die Frauen herum, schau ihnen nicht so begehrlich nach; in diesem Haus gab es bereits zwei Razzien, das fehlte gerade noch, daß du hier Unruhe hineinbringst … Wir dürfen nicht vergessen, daß sich hier in der Nähe eine miese Pfeilkreuzlerhure eingenistet hat, Mikucz heißt sie, die hat uns garantiert schon im Visier, sie schnüffelt doch ständig hier herum, und wenn sie was wittert, dann sind wir alle beide geliefert, das kannst du mir glauben.«

»Frau Mikucz?«

»In der richtigen Verkleidung: Stiefel, breite Lederkoppel, Armbinde, Pistole, ohne das alles würde sie nicht mal bis auf den Flur hinausgehen. Aber unter ihren Stiefeln trägt sie Seidenstrümpfe, das Schätzchen, das schwör ich dir, und Wäsche aus schwarzer Spitze, sie stinkt nach französischem Parfum, hat wohl Molnár & Moser ausgeraubt ...«

In kurzen Interwallen schlugen zwei Granaten in den angrenzenden Gebäuden ein; die Mauern vibrierten, man hörte Trümmer und Brocken herabstürzen. Nelli schlotterte und vergrub ihre zehn Finger im Fleisch ihres Freundes und preßte sich an ihn.

»Hast du keine Angst?« flüsterte sie.

»Nein.«

»Wenn ich ganz allein wäre, wäre ich schon vor Angst gestorben. Komm, halt mich fest.«

In den paar darauffolgenden Tagen herrschte relative Ruhe. Beregi verließ nicht dic Wohnung, er ließ sich den Schnauzbart wachsen, er spaltete Brennholz, er half im Haushalt, er saß in der Küche, während Nelli darin herumhantierte, er half das Geschirr abzutrocknen. Später, als nach dem Gas auch noch die Elektrizität abgeschaltet wurde, fabrizierte er geschickt kleine Nachtlampen aus Bohnerwachs. Sie spendierten sich regelmäßig eine Siesta nach dem Essen. Aber selbst damit erschienen die Tage endlos, und Nellis Bücherschrank war nicht sonderlich gut bestückt. Beregi überflog *Indien unter den Fluten*, das Kochbuch der Frau Nándor Stiasnyi, außerdem zwei Jahrgänge der *Revue vornehmer Ungarinnen*, gebunden in zwei Bänden. Sie erzählten sich oft Geschichten, und er erinnerte sich dabei am liebsten an irgendwelche aufregenden Fußballspiele.

»Also, weißt du, Kohut geht über die linke Flanke rein, gibt ab an Toldi, dann Toldi zurück an Lázár. Und da, stell dir vor, Lázár, der von drei Seiten angegangen wird, überhebt einfach die anderen und ist bereits im Strafraum. Da geht ihn Bíró an, Lázár dribbelt, dann, als sei nichts gewesen, ferselt er ihn in die rechte untere Ecke des Tors und schaut nicht einmal hin dabei; und Toni Szabó, der Torhüter, steht mit offenem Mund da …«

Beregi war eine Zeitlang Hilfsplatzwart beim Klub, und als er entlassen werden mußte, blieb er weiterhin einer der Anfeuerer des Sektors B-Mitte. Er arbeitete als Agent für verschiedene Häuser; danach stieg er in den Weinhandel ein, was jedoch nicht von Dauer war, und außerdem wurde dann auch er eingezogen. Aber Anfang des Sommers hatte er bereits desertiert.

Eines Tages, am Nachmittag, trommelte jemand an die Wohnungstür. Nelli legte ihren Zeigefinger auf den Mund, schlüpfte in den Morgenmantel und ging an die Tür. Man hörte Flüstern, gedämpfte Laute eines Streits, und ein paar Minuten später kam sie mit zornrotem Gesicht zurück.

»So ein Schwein, dieser Typ! Das ist das letzte! Wenn der keine anderen Sorgen hat!«

»Wer?«

»Galambos.«

»Wer ist denn das?«

»Er ist technischer Oberrat in einer Firma. Kannst du dir das vorstellen? Er ist extra heraufgekommen, zu Fuß, von Sashalom.«

»Und was wollte er?«

»Rat mal ...! Er ist zwar verheiratet, aber er denkt nur daran. Ich hab zu ihm gesagt, was er sich einbildet, es sei doch eine Schande, und er soll mich in Ruhe lassen, ich habe Wichtigeres zu tun. Hör dir das an: Er hat mir zwei Dosen Fleisch mitgebracht ...«

»Gulasch?«

»Kannst dir wohl denken, daß ich ihn das nicht gefragt habe. Ich hab gesagt, er soll es seinen Kindern mitbringen.«

»Ist er wieder weg?«

»Ich hab ihn rausgeworfen.«

Beregi schien einen Moment zu meditieren. »Hast du ihn auch nicht verärgert?«

»Ist mir doch egal. Glaubst du etwa, ich will ewig von solchen Typen abhängig sein?«

»Was hast du denn vor?«

»Ich möchte einen Laden aufmachen. Strickwaren. Oder Essen zum Mitnehmen, da könntest du dann auch mitarbeiten.«

»Was sollte ich denn tun?«

»Du kümmerst dich um die Buchhaltung, plauderst mit unseren Kunden, gehst auf den Markt einkaufen ...«

»Ja, klar ... Das heißt, daß ich dann sehr früh aufstehen muß?«

»Oh, mein großer Faulpelz!« Nelli lachte und küßte Beregi auf die Wangen.

»Ich hab dir was Besseres vorzuschlagen«, sagte er. »Eine Art heißes Büfett, eine kleine Küche, ein paar Holztische, und den ganzen Tag lang könnte man dort heiße Fleischgerichte bekommen. Kalbskopf mit Kren oder Senf, Stelzen, Ripperln, dann heiße Würste, Debreziner, Schinken und Kaiserfleisch. Als Getränk nur Bier. Es würde auch den ganzen Tag Suppen geben: Beuschelsuppe, Leberknödelsuppe. Das Geschäft würde florieren.«

»Mein armer Schatz, fehlt dir das Fleisch so sehr? Komm, ich brate dir ein paar Streifen Speck ...«

Nichtsdestoweniger schrumpften die Essensvorräte gefährlich: Weil sie ans Haus gefesselt waren, aßen sie auch, um die Zeit totzuschlagen und die Langeweile zu ertragen. Beregi füllte alle Kreuzworträtsel aus, die ihm unter die Finger kamen, um sie dann wieder auszuradieren und von vorn zu beginnen. Als weitere Tätigkeit machte er eine genaue Aufstellung der Reserven: Auf einer Tabelle, die er in ein großes Heft gezeichnet hatte, notierte er jeweils neben dem Datum den Zustand der Vorräte eines jeden Lebensmittels, nach Kilo oder Menge. Nelli tat es zu sehr weh, ihm dabei zuzusehen; am Silvestermorgen nahm sie ihre Einkaufstasche und wollte wenigstens versuchen, etwas zu besorgen. Und tatsächlich, es kursierte im Haus das Gerücht, daß in der Großmarkthalle Mehl und Salzheringe ausgegeben würden.

Allein zu Haus, ging Beregi zunächst in der Wohnung auf und ab; er zündete eine halb gerauchte Zigarette an, er hatte kaum noch welche. Durch den Vorhang schaute er aus dem Fenster, im Flur sah er nichts. Etwas später rasierte er sich und ging in den Hof hinunter. Er traf immer noch niemanden im Treppenhaus, aber vor der Kellertür sah er zwei Frauen, die miteinander schwatzten: Es ging um die Heldentaten einer gewissen Frau Weidlinger. Beregi, die Hände in den Taschen, stellte sich einfach in eine Ecke des Hofs wie ein Hausbewohner, der gerade etwas Luft schnappt. Aus dem Gespräch konnte er schließen, daß die Junge, Größere, die Skihose und Pullover trug, Ildikó hieß und die Tochter des Hausmeisters war. Die andere, schon etwas gesetzteren Alters, trug eine Brille und einen Mantel aus Robbenfell und erzählte ihr mit einiger Zungenfertigkeit, daß Frau Weidlinger sich ein Prinzessinnenkorsett für tausendvierhundert Pengő hat machen lassen. Beregi fragte sich, ob diese flott daherredende Dame vielleicht Frau Ferenczy war. Aber als er im Blick der beiden Frauen eine wachsende und offensichtliche Neugier, seine Person betreffend, wahrnahm, zog er es vor, seinen Spaziergang bis zur Straße fortzusetzen.

Vor der Schule stand eine Frau in Trambahnschaffneruniform vor einem kleingewachsenen Mann in Bilgeri-Schnürstiefeln. Beide starrten in den Himmel: Von weitem hörte man das Dröhnen der Flugzeuge. Beregi gesellte sich zu ihnen und hob ebenfalls die Augen zum Himmel.

»Ratas, Kaffeemühlen«, sagte der Mann mit den Stiefeln.

»Russen?« fragte die Schaffnerin.

»Die werden von Frauen geflogen.«

»Also, ich finde das unmöglich.«

Beregi schaltete sich ein: »Warum denn? Es gibt doch Briefträgerinnen, Chauffeurinnen, Schaffnerinnen, warum also keine Pilotinnen? Stellen Sie sich vor, sie würde einen Volltreffer abbekommen ...«

Der kleine Mann stieß ein dümmliches Lachen aus. »Daß man ihr von hinten eine Salve verpassen würde!«

»Es wird bald eine Kontingentierung geben, was die Anzahl der Frauen betrifft«, setzte Beregi fort. »Stellen Sie sich vor, jeder Mann hätte nur noch eine limitierte Anzahl zu seiner Verfügung. Und diese Damen wiederum würden klassifiziert werden: Die schönen und jungen wären mehr Punkte wert als die alten, häßlichen und hinkenden; pro Monat könnte man von dieser letzteren Kategorie dafür mehr konsumieren.«

Der Mann mit den Stiefeln griff das Spiel auf: »Und die Schwerarbeiter?«

»Die bekämen eine Zulage, genauso wie die Kriegsdienstler. Und bei jedem Gebrauch wäre man verpflichtet, zu lochen ... das Ticket natürlich.«

Nun lachte auch die kleine Schaffnerin; sie war pausbäckig, mit einem Kinngrübchen und einer lockigen Haarsträhne, die widerspenstig unter ihrer Uniformkappe hervorlugte. »Also, sagen Sie mal, Sie haben ja eine Phantasie ...«

»Warum? Sie zum Beispiel würde ich nicht mal in Betracht ziehen«, sagte Beregi schelmisch.

»Ach nein?«

»Sie sind zu hübsch, Sie sind zu viele Punkte wert. Dann hätte ich nicht mehr genug für die anderen.«

Es fing gerade an, interessant zu werden, da tauchte Nelli plötzlich am Ende der Reáltanodastraße auf; sie kam näher, in ihrem durchsichtigen Regenmantel und mit schlenkerndem Einkaufsnetz. Als sie Beregi erblickte, schreckte sie auf, wechselte die Straßenseite und ging ostentativ an ihnen vorbei, sie wandte nicht mal den Kopf in ihre Richtung. Beregi spürte ein Gewitter aufziehen; er verabschiedete sich rasch und folgte ihr.

Sogar zu Hause blieb Nelli stumm; sie räumte die Sachen auf, schlug die Türen zu. Mehl hatte sie keines bekommen, nur ein Stückchen gelbliches, klebriges Brot. Aber immerhin hatte sie irgendwo eine Flasche Wein auftreiben können.

Beregi versuchte, das Eis zu brechen.

»Was ist denn?«

»Nichts.«

Offensichtlich wäre sie beinahe explodiert. Er warf sich in den Sessel, lehnte sich zurück, schaukelte. Er zündete die zweite Hälfte seiner Zigarette an, stieß schöne, gleichmäßige Rauchringe aus und kratzte sich den Nacken mit zwei Fingern. Aber weil er es haßte, wenn die Stimmung angespannt war, unternahm er einen neuen Versuch: »Stimmt, ich hab mir die Beine vertreten. Ist das schon so schlimm?«

»Schlimm? Aber nein, nicht doch, warum sollte das schlimm sein!?« platzte Nelli heraus und schleuderte ihren Turban aufs Bett. »Was zählt für dich eigentlich? Die anderen können sich für dich kaputtmachen, können stundenlang Schlange stehen für einen Kanten Schwarzbrot, um dich zu stopfen. Herr Beregi amüsiert sich unterdessen mit Trambahnschaffnerinnen. Mit Schaffnerinnen! Mit einer, die schon die Hälfte der Gymnasiasten vernascht hat.«

»Aber nein. Ich bin da nur spazierengegangen, und sie haben mich gefragt, was das für ein Flugzeug sei.«

»Um möglichst vielen Leuten deine Visage zu zeigen, bis dich dann endlich einer denunziert.

Die Pfeilkreuzler würden keine Sekunde zögern, uns alle beide zur Donau hinunterzubringen ... Ich bin schon wieder Frau Mikucz vor dem Café Central über den Weg gelaufen, die würde mir nicht mal für tausend Pengő guten Tag sagen; sie schaut mich an, als wäre ich eine dreckige Jüdin, die demnächst abgemurkst wird ...«

»Hatte sie ihre Stiefel an?« fragte er.

Nelli vermochte es nicht, ihren Groll aufrechtzuerhalten: Es war ja auch Neujahrsabend. Sie tranken den Wein in kleinen Schlucken, und obwohl sie müde waren, blieben sie bis Mitternacht auf, um auf das Neue Jahr anzustoßen. Nelli sprach von ihrer Kindheit, von der Stadt Gödöllő, von ihrem Patenonkel und ihrer Patentante und von dem Tag, als die Gattin des Reichsverwesers eine Gruppe junger Schüler zu sich auf ihren Zweitwohnsitz eingeladen hatte und ihnen heiße Schokolade mit Schlagrahm und Guglhupf und Äpfel servieren ließ. Dann fuhr sie fort und erzählte von den verschiedenen Männern, ihren Kunden und deren Gewohnheiten und Ansprüchen ... von deren Erfindungsgeist.

»Zum Beispiel Szentkirályi, ein Eisenbahner, er kommt immer am Zweiten des Monats, aus Martonvásár. Er hat die Manie, daß eine Frau, bevor er mit ihr ins Bett geht, ihren Mantel anziehen soll, ihren Hut aufsetzen, ja sogar ihr Täschchen in der Hand halten soll. Also ich habe ihm gesagt, daß das nicht in Frage kommt, daß er bitte woanders hingehen soll; er aber taucht jeden Monat wieder hier auf …«

»Auch im Sommer?«

»Auch im Sommer … Aber sag mal, Józsi, macht es dir nichts aus, wenn ich dir von anderen Männern erzähle?«

»Sollte es das?«

»Bist du überhaupt nicht eifersüchtig?«

Beregi dachte einen Moment nach. »Komisch, die Frage habe ich mir nie gestellt.«

»Na also, ich mache keinen Hehl daraus, ich bin schrecklich eifersüchtig. Wenn du eine Frau nur ansiehst, könnte ich sie kaltblütig erwürgen, ihren Kopf mit dem Fuß zertreten. Ich kenne nämlich die Frauen: Sie wollen alle immer die Männer der anderen. Aber ich, ich gebe dich niemandem, du gehörst mir, mein Guter, Schluß aus … Komm gleich her, du hast mich noch nicht mal geküßt in diesem Jahr.«

Lange Zeit konnten sie nicht einschlafen. Später verließ Nelli ohne zu zögern das Bett. Sie machte sich die Mühe, im Ofen Feuer anzufachen und ein paar Kartoffeln in der Schale zu braten, sozusagen als Ergänzung zum Abendessen. Sie ergriff überhaupt jede erdenkliche Gelegenheit, Beregi eine Freude zu bereiten, auf jede erdenkliche Art.

Es war am Neujahrstag, als die Belagerung der Stadt mit ohrenbetäubendem Lärm begann. Am nervenaufreibendsten waren für Nelli die Salven, die unter immer lauterem Krachen näher kamen, man konnte meinen, sie würden direkt am Trommelfell explodieren, dann folgte die herzlähmende Spannung des letzten Einschlags und dann, als die Salve vorbeigezogen war, ein kurzes Aufatmen in der chronischen Todesangst. Einmal dachten sie tatsächlich, das Haus wäre über ihnen zusammengebrochen: in Wahrheit war es die oberste Etage des Hauses gegenüber, die herabgestürzt war. Ein entzweigeschnittenes Zimmer zeigte sein Inneres wie eine Theaterbühne, ein Konzertflügel stand geöffnet da und darauf ein Notenheft.

Am Nachmittag kam kein Wasser mehr aus den Wasserhähnen. Nelli brach in Tränen aus, dann packte sie eiligst ihre Siebensachen zusammen, sie wollte keine Minute mehr oben bleiben. Sie stiegen mit Netzen und Bündeln bepackt die

Treppen hinunter, Beregi nahm auch seinen kleinen Koffer aus Vulkanfiber mit.

Dieses alte Wohnhaus in der Innenstadt verfügte über ein ausgedehntes Labyrinth von verwinkelten Kellern, lediglich ein Teil davon bildete den mit eisernen Türen abgesicherten offiziellen Luftschutzraum; aber da waren schon alle Plätze belegt. Die Neuankömmlinge lösten offensichtlich ein gewisses Unbehagen aus, Nelli war nicht sonderlich beliebt bei den Mitbewohnern. Sie wandte sich also an Gyulavári, den Hausmeister, dem zugleich der Posten des Luftschutzwarts übertragen worden war, damit dieser sie und ihren aus Siebenbürgen geflohenen Schwager unterbringe. Gyulavári schlug nach einigen »Ähs« und »Hms« nicht ohne Taktgefühl vor, sie möchten einen der leeren Bretterverschläge beziehen, da wären sie genauso sicher wie im Luftschutzraum, und zum Kochen könnten sie natürlich den Gemeinschaftsherd benutzen. Nelli fand diese Lösung durchaus annehmbar, und nachdem sie den Verschlag ausgefegt und gründlich geputzt hatte, schleppte sie zusammen mit Beregi noch am selben Tag ein eisernes Klappbett hinunter. Am Ende hatten sie es sich in dem engen Verschlag einigermaßen bequem gemacht; er schlug noch einen Nagel in die Wand, für die Petroleumlampe, und Nelli verhängte die Holzlatten der Kammer mit Pferdedecken. Ihren knapp gewordenen Speisevorrat bewahrten sie unter dem Bett auf, in zwei Koffern.

Nelli sagte, sie freue sich, so separat untergebracht zu sein, sie pfeife auf die andern. Trotzdem stand die Tür zum Luftschutzraum tagsüber offen, auch ihre Mahlzeiten mußte sie drinnen kochen; Wasser gab es auch nur vom Gemeinschaftswasserhahn. Und so machte Beregi nach und nach Bekanntschaft mit den anderen Bewohnern des Kellers. Die meisten davon waren Frauen und Kinder, es gab nur sehr wenige jüngere Männer, und die waren wahrscheinlich Drückeberger wie er. Er nickte Ildikó Gyulavári zu, der Tochter des Hausmeisters mit den Skihosen, als sei sie eine alte Bekannte; er sah auch die Dame im Robbenmantel wieder, die er für Frau Ferenczy gehalten hatte, die aber in Wirklichkeit die Exfrau eines Zahnarztes war. Frau Ferenczy, ganz würdevolle Dame, hatte sich mit ihrer Tochter und dem Dienstmädchen eine Art Alkoven im Seitentrakt des Luftschutzraums eingerichtet und verkehrte kaum mit den anderen Bewohnern. Sie war um die Vierzig, neigte leicht zur Fülle, war aber noch nicht dick, sie trug eine Brille, ihre Haltung war aufrecht und das Haar erst leicht grau meliert;

auf ihrem ungeschminkten Gesicht konnte man noch einiges von ihrer Schönheit erkennen. Ihre Tochter Adrienne, ein blondes siebzehnjähriges Mädchen, zeigte sich meistens in einer hübschen Matrosenbluse von der Schule, und wenn sie auf Drängen ihrer Mutter tat, als lerne sie, setzte sie auch eine Brille auf. Aber genau das stand ihr besonders gut, wenn sie, das große dunkle Brillengestell auf dem schnuppernden Stupsnäschen, mit ihren Wimpern klimperte; ihre Haut war frisch und straff über wohlgerundeten Formen, und sie hielt keine fünf Minuten still, war ständig in Bewegung. Beregi dachte, er würde vielleicht auch die Schaffnerin wiedersehen, aber vergeblich: Die wohnte anscheinend nicht in diesem Haus. Dann gab es hier noch einen hinkenden Oberstleutnant im Ruhestand, der sie tagtäglich mit seinen Erläuterungen der Kriegslage belästigte, wobei er mit dem Gehstock schematische Darstellungen auf den Betonboden zeichnete. Des weiteren einen korpulenten, weißhaarigen alten Herrn mit markanten Gesichtszügen, der Beregi wie alle anderen Männer hier unten duzte: Er wirkte wie ein Landbesitzer oder zumindest ein Staatssekretär; wie es sich aber herausstellte, war er lediglich Kommissionär für Lotterielose.

Nelli hatte Beregi empfohlen, sich möglichst

mit niemandem zu unterhalten, das wären nur potentielle Gefahrenquellen. Aber es langweilte ihn unendlich, immer nur im Keller herumzulungern, und er fand die verschiedensten Vorwände, um in den allgemeinen Luftschutzraum hinüberzugehen: Mal wollte er Wasser trinken, mal fragen, wie spät es sei; er sagte, gerade durch eine völlige Abschottung mache er sich verdächtig. In Wirklichkeit hatte er Lust, unter die Leute zu gehen, neue Gesichter zu sehen, und daß man ihm bei einer Plauderei eine Zigarette anböte, sein eigener Vorrat war schon ganz aufgebraucht. Nelli wußte sich geschickt zu helfen: Sie tauschte zwei Gläser Kompott gegen eine Schachtel Nikotex Levente. Kompott hatte sie noch genug, und weil sie schon mal beim Tauschen war, erhandelte sie sich auch noch Trockenerbsen, davon war verhältnismäßig viel da im Keller. Die Lebensmittel wechselten ohnedies ständig den Besitzer, und den Anzeichen nach gab es noch immer geheime externe Quellen.

Eines Abends tauchten zwei Soldaten auf, Bekannte des Ferenczyschen Dienstmädchens. Sie brachten eine Korbflasche mit Doppeltgebranntem mit und ließen den Sliwowitz im Luftschutzraum herumgehen, dann baten sie, die Nacht hier verbringen zu dürfen.

Klar, daß Madame Ferenczy unter anderen Umständen keine Besucher dieser Art geduldet hätte; auch Gyulavári brummelte mißbilligend. Doch Schnaps war in diesen Tagen eine Seltenheit, und die Hausbewohner ergriffen Partei für die Soldaten: diese armen Jungen, schließlich waren sie es, die an vorderster Front kämpften, sie sollten sich einmal ausruhen können, man würde ihnen schon Platz machen. Die Korbflasche faßte vier Liter hausgemachten Zwetschgenschnaps, und gegen zehn Uhr herrschte ausgelassene Stimmung. Keiner wollte schlafen gehen, auch die Kinder nicht, der Lotteriekommissionär erzählte Witze, ein langhaariger Junge ahmte berühmte Filmschauspieler nach und bellte in verschiedenen Hundesprachen, dann sangen sie, und die Frau des Zahnarztes, die mit dem Robbenmantel, tat sich besonders hervor. Jemand brachte von irgendwoher ein tragbares Grammophon herunter, man machte Platz frei und tanzte. Einer der Soldaten forderte Nelli auf, aber sie wollte nicht, sie blieb an die Wand gelehnt stehen, mit ernstem Blick und gekreuzten Armen: Diese Art von frivolen Vergnügungen waren nicht nach ihrem Geschmack. Die kleine Adrienne Ferenczy dagegen amüsierte sich um so mehr. Vergebens blitzten die Brillengläser der

Mama zornig in ihre Richtung: Sie war nicht zu halten und nicht zu bändigen. Sie tanzte der Reihe nach mit jedem, ihr blauer Rock wirbelte nur so herum.

Einige betranken sich, Gyulavári torkelte zwischen den Betten herum, ein Säugling fing hysterisch an zu plärren, der Oberstleutnant schimpfte mit puterrotem Kopf und sich überschlagender Stimme: Daß wir so weit gekommen wären, sei allein die Schuld der deutschen Generäle. Einem der Soldaten wurde übel, er mußte hinausgebracht werden. Beregi blieb vielleicht als einziger nüchtern, er mochte keinen Alkohol. Trotzdem entfernte er sich nicht von der Szene, er spazierte zwischen den Leuten umher und strich sich über sein stoppeliges Kinn. Gegen elf Uhr zog sich Nelli in ihren Holzverschlag zurück; er sagte, er würde ihr gleich folgen. Da bemerkte er, daß Frau Ferenczy allein auf ihrem Bett saß und sich eine Zigarette anstecken wollte. Er trat zu ihr und gab ihr zuvorkommend Feuer. Die Frau blickte ihn schräg von unten an.

»Danke.«

»Bitte gern«, sagte Beregi und verstaute die Zündhölzer umständlich. »Ihre Tochter tanzt ja bewundernswert.«

»Ja, sie ist ganz erhitzt«, antwortete Frau Ferenczy. »Und dann geht sie in den kalten Vorraum hinaus, das dumme Ding, und erkältet sich.«

»Die Jugend ist überaus resistent gegenüber Krankheiten, küß die Hand«, meinte Beregi. »Das ist wissenschaftlich bewiesen.«

»Sie ist überhaupt viel zu wild, das gehört sich nicht.«

»Sie amüsiert sich ja nur, das ist doch nicht schlimm.«

»Es ist ja in Ordnung, daß sie sich amüsiert, aber mit betrunkenen Soldaten? Wenn ihr Vater das sehen würde.«

Beregi änderte seine Taktik. »In diesem Punkt muß ich der gnädigen Frau recht geben, die heutige Jugend hat leider zuwenig Respekt vor der älteren Generation. Das gilt freilich nicht für Ihre liebe Tochter ...«

»Oh, Adrienne ist auch ganz schön dickköpfig, wissen Sie ... Dabei bin ich für sie verantwortlich meinem Gatten gegenüber, und das wird er einfordern.«

»Wenn ich mir erlauben darf: Wo befindet er sich denn zur Zeit?«

»An der Front selbstverständlich«, versetzte Frau Ferenczy und straffte den Rücken, wobei sie das ungebärdige Volk im Keller eines verächtlichen Blickes maß.

»Ja, natürlich, natürlich, ich verstehe«, murmelte Beregi, weil ihm nichts anderes einfiel. »Ich kann mir vorstellen, daß das nicht einfach ist, so allein, mit einem jungen Mädchen ... Obwohl ich, ehrlich gesagt, nie geglaubt hätte, daß sie Ihre Tochter ist. Ich dachte, sie sei Ihre Schwester oder eine kleine Nichte ...«

»Kinder zu erziehen ist die größte Verantwortung«, erklärte die Frau. »So ein biegsamer junger Charakter ist für das Schlechte genauso empfänglich wie für das Gute. Er ahmt getreu nach, was er um sich herum sieht.« Sie steckte sich wieder eine Extra an und hielt Beregi die Schachtel hin.

Er ließ sich bitten: »Danke, aber das kostet doch heutzutage ein Vermögen, das kann ich gar nicht annehmen.«

»Bedienen Sie sich ruhig, ich habe noch reichlich davon. Mein Gatte war sehr weitblickend.«

Adrienne stürmte herbei, das Gesicht gerötet, die Locken verstrubbelt.

»Mein Schatz, jetzt ist es aber wirklich genug«, ermahnte ihre Mutter sie.

»Aber Mama, nur noch eine halbe Stunde, bitte«, bettelte Adrienne und küßte sie links und rechts.

»Kindchen, jetzt ist es gleich Mitternacht, um diese Zeit schläfst du sonst schon ...«

»Nur noch eine halbe Stunde, eine kleine halbe Stunde!«

Beregi erschien es ungehörig, bei dieser familiären Meinungsverschiedenheit dabei zu sein, er neigte den Kopf und entfernte sich. In den folgenden Tagen verstärkte sich der Gefechtslärm. Von nun an dröhnten die Geschütze pausenlos, die Explosionen und das Pfeifen der Granaten ließen auch in der Nacht nicht nach, die Maschinengewehre ratterten nah und fern. Das Haus wurde mehrmals getroffen, vor allem das Dach, aber Nellis Wohnung war bislang intakt geblieben; doch hier unten ängstigte sie sich nicht so sehr vor den dumpfen Geräuschen des Krieges. Beregis Gesicht zierte inzwischen ein prächtiger Schnauzbart, der ihm schwarz und dicht über den Lippen hing.

Jedesmal, wenn er in den Luftschutzraum hinüberging, sagte er Frau Ferenczy guten Tag, und manchmal plauderten sie auch. Sie waren einander zwar nicht offiziell vorgestellt worden, doch das verlangte die Etikette des Kellers auch nicht. Bei ihren Unterhaltungen ging es meistens um Kindererziehung: Beregi vertrat ziemlich konservative Ansichten und hatte eine miserable Meinung über die Leichtfertigkeit der heutigen Jugend … Hingegen widmete er sich mit wachsender Aufmerksamkeit Frau Ferenczy, und je öfter er sie sah, um so mehr Anziehendes fand er an ihrem Gesicht. So hatte sie zum Beispiel sehr schöne nußbraune Augen, eine feine und fast faltenlose Haut, ihre Lippen waren schmal, aber kraftvoll und interessant geschwungen. Zwar begann sie, ein bißchen zuzunehmen, doch war sie immer noch wohlproportioniert, ihre Hüften waren fest, ihre Haltung stolz und achtunggebietend. Ganz zu schweigen von den Zigaretten, die sie immer bei sich hatte! Mancher Plausch erlaubte es Beregi, bis zu drei, vier Stück zu rauchen.

Frau Ferenczy war als sorgfältige Hausfrau anscheinend auch mit Lebensmitteln wohlversorgt, während bei Nelli alles gefährlich zur Neige ging; außer Trockenerbsen und ein paar Einmachgläsern Kompott hatte sie nicht mehr viel. Beregi hatte die Nase voll davon, seine Nerven waren ständig angespannt, nachts konnte er nicht mehr schlafen, er wälzte sich im Bett und trommelte auf der Lattenwand. Jeder Vorwand war ihm recht, um sich in der Nähe des Alkovens der Ferenczys herumzudrücken, und er machte sich dort mit kleineren oder größeren Gefälligkeiten nützlich. Er schleppte Wasser und hackte Holz; als die Kartoffeln ausgegangen waren, half er dem Dienstmädchen, einen großen Sack vom vierten Stock herunterzutragen. Die Frau fragte ihn nie, wer er sei, sie sprach ihn sozusagen gar nicht an, die Gefälligkeiten aber nahm sie hin, fast ohne zu danken, als gebührten sie ihr. Sie hatten eine Vierzimmerwohnung mit Salon und Erker, die bestimmt sonst sehr schön war; jetzt aber waren die Rolläden heruntergelassen, die Möbel zusammengeschoben und verhüllt, die Teppiche aufgerollt. Beregi wäre besonders an der Speisekammer interessiert gewesen, bloß wurde ihm da der Einblick verwehrt. Andererseits lagen Zigarren und Zigaretten in Hülle und Fülle auf der Anrichte, davon gab ihm Frau Ferenczy zwei Hunderterkartons Extra.

»Ach, gibt's dich auch noch?« fuhr ihn Nelli an, als er mit einer Zigarette im Mund in den Holzverschlag kam.

»Wieso, wo sollte ich denn sein?«

»Ist gnä' Frau vielleicht krank? Oder empfängt sie heute nicht?«

»Alles, was du kannst, ist herumnörgeln, Nelli, wirklich wahr ...«

»Und du, das einzige, was du kannst, ist, dieser alten Vogelscheuche hinterherzurennen wie der Teufel hinter der armen Seele!«

»Ich bitte dich, das ist doch albern. Man darf nicht unhöflich sein.«

»Schau an – was für ein edler Ritter plötzlich!«

Szenen wie diese wiederholten sich immer öfter; Beregi stand es bis obenhin, und meistens verbrachte er jetzt auch die Abende drüben bei den Ferenczys. Dort sprach man stets leise und kultiviert, und tauchte er im richtigen Moment auf, wurde ihm dies und das angeboten, ein Stück Selchfleisch oder eine kleine Mehlspeise. Eines Tages fand Beregi, es wäre angebracht, die Frau zu fragen, ob sie keine Nachricht von ihrem Gatten hätte.

»Das letzte Mal hat er von Mohács geschrieben«, sagte Frau Ferenczy. »Seitdem wissen wir nicht, wo er ist. Aber eines ist sicher: Er erfüllt seine Pflicht.«

Ihr Mann war, wie sich herausstellte, Oberst und hatte sich bereits im Ersten Weltkrieg hervorgetan, außerdem hatte er an den Einmärschen in das ungarische Oberland und nach Siebenbürgen teilgenommen. Doch das Hauptthema blieb weiterhin die Erziehung der Tochter; die Frau versorgte Adrienne mit hunderterlei Ermahnungen und Vorhaltungen; sie hörte nicht auf, sie zu frisieren, sich an ihren Kleidern zu schaffen zu machen, sie zu küssen, sie zu kritisieren. Und Beregi lieferte ständig neue Erkenntnisse über die Moral der jungen Mädchen von heute, er zitierte unerhörte Vorfälle, zum Beispiel den von einer gewissen Mädi, die im selben Haus wie er gewohnt hatte und die sich trotz ihrer jugendlichen sechzehn Jahre schon auffällig schminkte, mit verheirateten Männern ins Kino ging und in koketter Weise selbst ihm gegenüber Avancen machte. Man war sich diesbezüglich völlig einig, und auch Adrienne, in perfektem Einklang mit den Erwachsenen, verurteilte ein solches Benehmen aufs entschiedenste. Sie nahm Beregi dessen strenge Prinzipien keineswegs übel, im Gegenteil, sie pflichtete ihm eifrig bei, schob ihm die besten Bissen zu, hing mit ihren sanften, glänzenden Augen an ihm und lauschte seinen Worten, als sei es die Osterpredigt.

»Wobei ich überhaupt nicht prüde bin«, sagte Frau Ferenczy. »Als ich ein junges Mädchen war, hatten wir zu Hause jeden Abend Gäste, manchmal fünfzehn, sogar zwanzig, es wurde gescherzt, gelacht und Klavier gespielt …«

»Erzähl das mit dem grünen Kleid, Mama!« rief Adrienne schwärmerisch.

»Ach nein, Liebes, das interessiert doch niemand anderen.«

»Aber ja doch, das muß sagenhaft gewesen sein«, sprudelte die Kleine los, an Beregi gewandt. »Mutter hatte um sechs ein Rendezvous mit einem ihrer Verehrer am Kiosk im Burggarten, sie war ganz in Grün gekleidet: ein grünes Musselinkleid, ein grünes Seidenpaletot mit Schwanenflaumbesatz, ein grünes Täschchen, Schuhe, Hut, Sonnenschirm, alles grün … Danach kehrte sie rasch nach Hause zurück, denn sie hatte noch ein weiteres Rendezvous mit einem anderen Verehrer, mit dem sie auf der Margaretheninsel in einem Restaurant zu Abend essen sollte, und diesmal kleidete sie sich ganz in Blau, ein blaues Kostüm, ein Hütchen mit blauem Schleier, einen Schal, Handschuhe, Schuhe, dazu ein blaues Réticule. Und als sie in die Trambahn einstieg, saß da prompt ihr erster Galan, der sie aber nicht erkannte, so plötzlich hatte sie sich verwandelt!«

»Das ist lange her«, sagte die Frau mit einem Lächeln.

»Ja, und Mama wollte Schauspielerin werden«, verriet Adrienne. »Der Regisseur sagte, sie habe ein großartiges Charaktergefühl.«

»Tatsächlich? Das ist ja überaus faszinierend«, staunte Beregi.

»Natürlich wären nur ernste, dramatische Rollen in Frage gekommen«, sagte Frau Ferenczy. »Haben Sie schon einmal von Géza Bródy gehört?«

»Der Name kommt mir bekannt vor …«

»Er war in Szeged Chefregisseur. Also, er wollte aus mir eine Schauspielerin machen, er wollte mich entdecken.«

»Er hat Mama sogar gratis unterrichtet!« fügte Adrienne hinzu.

»Ja, und was ist dann passiert? Warum hat das aufgehört?« fragte Beregi nach. »War die Familie dagegen?«

»Meine nicht einmal. Aber die meines Gatten. Wir waren damals schon verlobt, er sagte, eine Frau Ferenczy habe sich nicht auf einer Bühne zu zeigen, in den Armen von Fremden, nicht einmal im Spiel … Sehen Sie, so einen Mann habe ich: stolz und hochmütig. Wie seine ganze Familie …«

Das waren interessante, schöne Unterhaltungen, die nicht selten bis tief in die Nacht andauerten. Nach und nach ging alles schlafen; Nelli zog sich ostentativ zurück, nachdem sie ein paarmal den Schutzraum durchquert hatte. Auch Adrienne gähnte, sie schlüpfte im Trainingsanzug ins Bett; das Dienstmädchen hatte sich schon früher hingelegt. Beregi aber blieb noch, er flüsterte beim schwachen Schein einer Kerze mit der Frau.

Sie sprach zumeist über die vergangenen Jahre, über ihre Ehe. Ihr Mann hat einen harten, unbeugsamen Charakter, ein Besessener seines Berufs, der auch zu Hause eine militärische Ordnung verlangt und seelischen Feinheiten eher unsensibel begegnet. Ja, sie müsse gestehen, daß sie doch öfters Zärtlichkeit vermisse, Verständnis, und daß all ihr Bemühen, es ihm taktvoll zur Kenntnis zu bringen, vergeblich sei; er hielt sämtliche Anliegen dieser Art für weibisches Getue. Dabei ist er krankhaft eifersüchtig, früher auf seine Frau, in letzter Zeit auf Adrienne, die er vergöttert, anbetet und vor den Jungen behütet wie ein argwöhnischer Bräutigam, er fragt sie aus, stellt ihr nach, einmal hat er ihr sogar eine Ohrfeige verpaßt ... Deswegen gab es zahlreiche Streitereien zwischen ihnen, und Frau Ferenczy war häufig traurig, einsam und hatte niemanden, dem sie ihr Herz ausschütten konnte.

»Aber die Tatsache, daß der Herr Gemahl eifersüchtig ist«, warf Beregi ein, »ist doch ein Beweis seiner Liebe für seine Familie, sie ist es, die all seine Gedanken erfüllt.«

»Also wissen Sie, da hätte ich so meine Zweifel.«

»Wieso? Sind Sie ihm vielleicht auf etwas draufgekommen?«

»Ach, wenn Sie wüßten ...«, sagte sie, und ihre Augen verschleierten sich hinter den Brillengläsern.

»Das ist doch sicher nur ein Mißverständnis …«

»Ein Mißverständnis! Bestimmt! Wenn doch schon das gesamte Verteidigungsministerium Bescheid wußte! Er hat die Gnädigste mit dem Auto herumkutschiert – dabei ist sie ein Trampel sondergleichen. Wenn Sie sie sehen würden! Die hat Hände wie Bratpfannen und Haare auf den Beinen … Aber dieser Mann hatte vollkommen den Kopf verloren, er stopfte sie voll mit Schmuck, Kleidern und Blumen, nichts war teuer genug für sie. Und ich, ich hab's nicht geglaubt, obwohl meine Freundinnen mich mehrfach gewarnt hatten, ich hab lieber die Schmeicheleien der kleinen Madame geglaubt. Die war nämlich so etwas von zuckersüß zu mir, sie hat mich vor lauter Bewunderung fast aufgefressen, ich würde ihr Frauenidealbild verkörpern … Und dabei, während ich mit Adrienne in Szováta auf Sommerfrische war, ist sie hier heraufgekommen, das Schätzchen. Mein Mann mußte ihr hier in der Wohnung diktieren, weil doch das Büro gerade renoviert wurde. Und ich dumme Kuh habe auch das noch geglaubt.«

»Und wie kam dann die Sache doch heraus?« fragte Beregi.

»Mein Gatte hatte damals einen Posten im Ministerium, und die, diese Joli, war seine Sekretärin.

Na ja, niemals zuvor, als er noch bei der Truppe gedient hatte, war er so häufig weg gewesen: ständig abendliche Besprechungen, die bis Mitternacht dauerten, Ausfahrten zu Augenscheinaufnahmen … Eines Nachmittags, mein Gatte war gerade im Dampfbad, kommt ein Soldat mit einem versiegelten großen Briefumschlag, Generalstab, eilt sehr und streng vertraulich, zum eigenhändigen Öffnen bestimmt! Ich lege den Brief auf den Schreibtisch, aber der kleinen Adrienne hat das Siegel gefallen, und sie spielt so lange damit herum, bis der Umschlag aufgeht, und siehe da, aus dem Generalstab fällt ein Rosenblatt heraus, dann ein Zettel mit einem dicken Lippenstiftfleck, darunter steht: ›Mein Katerchen, du fehlst mir sehr, den Montag abend vergesse ich nicht, solange ich lebe.‹ Das ›fehlst‹ hat sie aber ohne h geschrieben … So eine Unverschämte! Schickt ein Rosenblatt, hierher, in meine Wohnung!«

»Warum, was bedeutet das?«

»Das heißt: Ich warte auf dich, kommst du?«

Im Luftschutzraum war es schon dunkel, alle schliefen, nur ihr Talglämpchen verbreitete noch sein flackerndes Licht im Alkoven. Adrienne atmete regelmäßig, tief unter dem Federbett, nur eine blonde Haarsträhne lugte hervor; das Dienstmädchen schnarchte. Beregi fürchtete, ihr schwaches Licht könnte die Schläfer stören, und schlug also vor, es zu löschen. Doch hatten sie beide noch keine Lust, das Gespräch abzubrechen, sie flüsterten im Dunkeln weiter.

»Ein schweres Los, das Los der Frauen«, räumte Beregi ein. »Das muß ich zugeben. Man kann sagen, was man will, die Opfer bringen immer die Frauen, sie tragen an allem am schwersten.«

»Solange Frauen die Kinder kriegen, braucht mir keiner mit Gleichberechtigung zu kommen. Das ist doch alles nur leeres Gerede«, stimmte ihm Frau Ferenczy zu.

»Das stimmt, hundertprozentig. Die familiären Sorgen werden immer auf den Schultern der Frauen lasten. Anstatt sie zu demütigen, sollten die Männer ihnen Achtung und Wertschätzung entgegenbringen … Die Frau ist doch schon bei der Partnerwahl nicht frei, sie gibt sich dem, der sie nimmt: sei es für einen Tanz oder für die Ewigkeit. Sie ist da und wartet. Und in der Ehe ist es nicht anders: Wenn der Mann Lust auf ein bißchen Abwechslung hat, nimmt er seinen Hut, und auf geht's, da läßt er sich von niemandem was sagen. Aber eine Ehefrau, vor allem wenn sie ein Kind hat, eine Mutter, wohin soll die schon gehen, das frage ich Sie …?«

»Es wird ein bißchen fröstelig, nicht?« flüsterte Frau Ferenczy, und ihre Zähne klapperten hörbar. Der Keller war tatsächlich ausgekühlt, denn der große eiserne Ofen wurde nur tagsüber beheizt.

»Wünschen Sie zu Bett zu gehen? Störe ich?«

»Aber nein, bleiben Sie ruhig. Ich schlüpfe nur ins Bett, deshalb können wir doch weiterreden. Ich kann ohnehin nicht schlafen ...«

Ein feines Knistern war zu hören, zwei Schuhe schlugen auf dem Boden auf, dann quietschte das Bett. Beregi blieb auf dem Hocker sitzen. Über ihnen erzitterte das Haus von einer Explosion mit lange nachhallenden grollenden Echos.

»Haben Sie keine Angst?« fragte er sie leise.

»Unser Schicksal liegt in den Händen des Herrn.«

»Wie gut, daß Sie derartig Trost in der Religion finden.«

»Ehrlich gesagt, bin ich nicht sonderlich fromm. Ich glaube auf meine Art: Ich habe meinen eigenen Gott, meine eigene Religion, mit eigenen Gesetzen ...«

»Der Glaube kann in diesen Zeiten eine große Hilfe sein«, flüsterte Beregi.

»Wie bitte?« fragte Frau Ferenczy, die vom Bett her nicht mehr so gut hörte.

»Der Glaube bietet unendlichen Trost, küß die Hand«, flüsterte er noch leiser.

»Ich kann Sie nicht verstehen. Setzen Sie sich näher her, ans Fußende.«

Beregi tastete sich vor und ließ sich auf die Bettkante fallen, wobei er die Zudecke ein wenig beiseite schob. Sie steckten sich Zigaretten an, er sah beim Schein des Zündholzes, daß sie ihre Brille weggelegt hatte.

»Mein Gatte, ja, er ist tiefreligiös. Haben Sie schon mal von der Marianischen Kongregation gehört?«

»Doch, irgend etwas …«

»Nun, dort geht er hin, jeden Dienstag, zu den Jesuiten, das möchte er nicht missen. Und an jedem ersten Sonntag des Monats bei der Messe feiern sie gemeinsam die Kommunion, und im Sommer gehen sie zusammen kegeln. Und dann die Einkehrtage im Haus Manresa …«

Beregi lenkte zum vorherigen Thema zurück.

»Bitte sehr, ich habe die Frauen erst jetzt so richtig schätzen gelernt, in diesen schweren Zeiten. Aus der Tiefe eines Bunkers zu schießen, das ist, ehrlich gesagt, keine große Kunst, mal von den Ausnahmen abgesehen. Dabei geht man entweder drauf oder nicht, eins von beiden. Aber den Haushalt führen in Zeiten wie diesen, organisieren, Schlange stehen, die vielen hungrigen Männer füttern und dafür sich selbst die besten Bissen vom Mund absparen, sie aufzumuntern und ihre Kinder zu erziehen – also ich sage Ihnen, das sind Aufgaben, die wahren Heldenmut erfordern und eine Intelligenz, zu der ein Mann gar nicht fähig wäre … Was würden wir ohne die Frauen nur machen, das frage ich Sie. Alles, was gut ist im Leben, haben wir ihnen zu verdanken, und dies von unserer Geburt an, nicht wahr, die Mutterliebe, ein gemütliches Heim, dann Mutters Küche, und natürlich die Liebe, die Zärtlichkeit …«

Frau Ferenczy drückte ihre Zigarette aus.

»Wie kalt es doch geworden ist. Ich habe ganz kalte Hände.«

»Darf ich sie wärmen?«

Sie antwortete nicht. Daraufhin nahm Beregi ihre beiden Hände in seine. Eine Zeitlang sagten sie nichts.

»Nehmen wir Sie zum Beispiel, gnädige Frau«, flüsterte er später. »Wieviel Klugheit und Kraft sich da offenbaren, wie Sie sich um Ihren kleinen Haushalt hier kümmern. Und oben in der Wohnung, wie da alles säuberlich geordnet hinterlassen wurde, das habe ich ja mit eigenen Augen gesehen, die Möbel verhüllt, das Geschirr weggepackt, die Teppiche zusammengerollt und in Zeitungspapier eingeschlagen. Eine helle Freude, das alles zu sehen. Und wie Sie auf Ihr Fräulein Tochter achtgeben, wie umsichtig und mit wieviel Feingefühl Sie sie erziehen. Und überhaupt, wie Sie die Würde bewahren, den feinen Umgangston, auch hier unten, sogar hier im Keller ...«

»Oh, der muß bewahrt werden«, seufzte Frau Ferenczy auf. »Und je schwerer es einem fällt, um so mehr muß er bewahrt werden. Bald wird es das einzige sein, was uns bleibt.«

»Ja, aber mit welcher Eleganz, mit welch natürlicher Vornehmheit ...«

Er hörte nicht auf, die Hände der Frau warm zu reiben, und dann schlüpfte er zu ihr ins Bett.

Am frühen Morgen, noch bevor die Bewohner des Luftschutzraums aufgewacht waren, spazierte Beregi hinaus auf den Innenhof und rauchte eine Zigarette. Der Morgen graute kaum, Beregi fühlte sich schläfrig und matt; von der Straße hörte er Geschrei, deutsche Worte, dann fielen einige Gewehrschüsse. Er ging nicht zu Nelli, er wartete, bis wieder Leben ins Haus zurückkehrte, erst dann begab er sich wieder gemächlich in den Luftschutzraum hinunter.

Nelli zeigte sich den ganzen Vormittag über nicht. Sie erschien nur nach dem Mittagessen beim Wasserhahn, sah keinen an und klapperte mit ihrem Geschirr. Das Dienstmädchen der Ferenczys war auch gerade zum Abwaschen da, sie hatte ihre Töpfe auf dem Boden abgestellt und beanspruchte den ganzen Platz. Wer von ihnen den Streit angefangen hatte, war schwer zu sagen. Jedenfalls wurden die anderen darauf aufmerksam, als die beiden sich herumschubsten und sich gegenseitig die Teller wegstießen; das Dienstmädchen schimpfte laut, und Nelli kreischte mit hochrotem Kopf:

»Da haben Sie aber falsch gewettet! Oder wollen Sie mich von hier auch noch verdrängen? Sie sollten lieber Ihrer gnädigen Frau beibringen, was der Unterschied zwischen mein und dein ist!«

Frau Ferenczy hatte das gehört, sie trat in ihrem langen Morgenmantel vor Nelli hin.

»Kann ich Ihnen behilflich sein?«

»Na, so was! Sie haben mich bemerkt?« fauchte Nelli sie an. »Bisher haben Sie sich nicht einmal herabgelassen, meinen Gruß zu erwidern … Ich bin zwar keine Frau Oberst, aber so viel an Anstand habe ich, daß ich niemanden in mein Bett zerre, der zu jemand anderem gehört! Und so, vor aller Augen, wie die Tiere! Pfui Teufel! Haben Sie denn gar kein Schamgefühl?«

Frau Ferenczy zuckte nicht mit der Wimper, sie sprach, ohne die Stimme zu erheben: »Bitte, wenn Sie der Meinung sind, man hätte Ihnen etwas weggenommen, was Ihnen gehört, dann zögern Sie nicht, es zurückzunehmen.«

»Wissen Sie überhaupt, was Sie sich da aufgeladen haben?« Nelli kreischte wie eine Furie. »Haben Sie die leiseste Ahnung, was für ein Mann das ist?«

Frau Ferenczy erwiderte genauso frostig wie vorhin: »Das einzige, was mich interessiert, ist, ob er ein Gentleman ist.«

»Ein Gentleman, der! So ein niederträchtiger, undankbarer Lump, den ich selbst hierhergebracht und durchgefüttert habe ...«

Beregi, der sich in der Nähe herumgetrieben hatte, ging dazwischen: »Laß doch, Nelli, sei vernünftig. Das führt doch zu nichts.«

Nelli brach in heftiges Weinen aus, sie fiel ihm schluchzend um den Hals.

»Józsi, Liebster, wie konntest du mich verlassen. Liebst du mich denn nicht mehr?«

Frau Ferenczy empfahl Beregi noch am selben Tag, in den Luftschutzraum umzusiedeln, der sei viel besser gegen Bomben gesichert. Er zierte sich zuerst, was würden denn die Mitbewohner sagen? Doch das interessierte Frau Ferenczy, wie es schien, nicht im geringsten.

»Das ändert nichts, sie haben doch alle die erbauliche Szene heute morgen mitbekommen. Und außerdem, mein Gatte hat mich lang genug betrogen, das ganze Haus wußte es, die ganze Stadt! Sollen sie lästern, wie sie wollen, es interessiert mich nicht. Eine Dame überhört das einfach. Vor allem jetzt, wer weiß, ob wir morgen noch leben ...«

Sie ließ das Mädchen gleich drei Matratzen herunterbringen, Laken und sonstiges Bettzeug. Beregi zog am Abend um, diesmal kam es zu keinem Wortwechsel, weil Nelli den Vulkanfiberkoffer mit all seinen Sachen schon vor den Holzverschlag in den Kellergang gestellt hatte, selbst die baumwollenen Socken waren dabei, die sie ihm zu Weihnachten geschenkt hatte. Beregi ließ sich in der Nähe des Eingangs zu Frau Ferenczys Raum nieder, am Fuß eines Stützpfeilers, wo noch ein schmales Plätzchen frei war, er hielt sich sowieso meistens drinnen im Alkoven auf. Er aß auch bei ihnen, das Dienstmädchen kochte jetzt eben für vier Personen. Frau Ferenczy genierte sich kein bißchen mehr seinetwegen, sie nahm ihren Geliebten mit dem kindischen Stolz der Verliebten an und schöpfte Beregis Teller immer wieder voll, lächelnd entdeckte sie, welche Mengen er zu vertilgen imstande war. Und Adrienne war sichtlich entzückt über diese Wendung der Dinge; sie spielte mit dem Mann Kinderspiele wie Patschhändchen oder Schiffeversenken, und wenn sie lernen sollte, mußte er sie abfragen.

Die anderen Bewohner des Luftschutzraums hatten den Umzug zur Kenntnis genommen. Gyulavári getraute sich nicht, eine Bemerkung zu machen; seine Tochter Ildikó hingegen war offensichtlich fasziniert von Beregis Vormarsch, sie schlenderte gelegentlich am Alkoven vorbei und warf lange, forschende Blicke hinein. Auch der hinkende Oberstleutnant war wie elektrisiert, er klopfte dem jungen Mann des öfteren auf die Schulter und zwinkerte ihm zu. Weil er den Oberst Ferenczy aus tiefstem Herzen verabscheute, erfüllte es ihn mit stummer Schadenfreude, daß der gehörnt wurde. Seine Frau jedoch, eine hagere, vertrocknete Offiziersgattin, ließ sich bereits die Wörter auf der Zunge zergehen, mit denen sie diesen skandalösen Vorfall einem möglichst breiten Publikum bekannt machen würde; eines Vormittags hielt sie es nicht mehr aus und brach zu ihren Bekannten auf, aber ein gewaltiges Bombardement ließ sie kehrtmachen. Die einzige, die ihre Empörung öffentlich zeigte, war Frau Huszár, die Frau des Zahnarztes, die mit dem Robbenmantel. Vergeblich grüßte Beregi sie, sie blickte durch ihn hindurch, und traf sie Frau Ferenczy, wandte sie demonstrativ das Gesicht ab. Und einmal bemerkte sie halblaut, aber so, daß der ganze Keller sie hören konnte: Kein Wunder, daß wir so tief gesunken sind, wenn schon die Frau eines königlich ungarischen Obersten sich mit so einem zusammentut, der aussieht wie ein Polischer, und daß man vielleicht überprüfen sollte, ob nicht aus diesem Haus Lichtzeichen für die englischen Flieger gegeben würden … Nelli wurde seit dem Vorfall neulich im Luftschutzraum kaum mehr gesehen, sicher kochte sie anderswo, auf einem Spirituskocher. Sie kam nur, um rasch Wasser zu holen, in aller Frühe füllte sie ihre Flaschen und sprach zu niemandem; sie verhielt sich hoheitsvoll und verschlossen wie eine entthronte Königin.

Frau Ferenczy kümmerte sich weiterhin nicht um diese Vorgänge, indessen achtete sie stets auf einen gewählten Umgangston. So vermied sie nach wie vor, Beregi direkt anzusprechen, und siezte ihn rigoros, wobei sie ihm immerhin gestattete, sie bei ihrem Vornamen, Lujza, zu nennen. Und trotz der widrigen Umstände versuchte sie, dem Mann Manieren beizubringen, er solle nicht mit vollem Mund sprechen, das Messer richtig halten, gerade am Tisch sitzen und so weiter. Beregi erwies sich als sehr lernwillig, und bald fühlte er sich ganz zur Familie gehörig; er fand sich unter den verschiedenen Onkels und Cousins zurecht und behielt alles Wissenswerte über sie, auch die wichtigeren Klatschgeschichten. Da seine Garderobe recht lückenhaft war, zog er zunächst die Unterwäsche, später auch die Zivilkleidung des abwesenden Obersten an, wenngleich dieser ein wenig umfänglicher als er war.

Bei alledem hörte die Frau nicht auf, Adrienne an der kurzen Leine zu führen, sie lag ihr von früh bis spät in den Ohren, verhätschelte und fütterte sie, schalt sie, weil sie zuwenig lernte und alles vergessen werde, tadelte ihre wirrköpfige Art, ihre Leichtfertigkeit, und erläuterte wohl hundertmal, wie sich ein siebzehnjähriges Mädchen zu benehmen habe. Adrienne hörte ihr mit niedergeschlagenen Augen zu, versprach, sich zu bessern, aber sobald Frau Ferenczy nicht da war, warf sie das Buch in die Ecke und wollte nur noch spielen, zum Beispiel Bindfäden von der Hand des anderen abnehmen, oder aber sie führte Tanzfiguren vor, und einmal fragte sie Beregi: »Wozu braucht ein Mädchen Abitur? Das bringt ihr doch gar nichts.«

»Das kann Ihre Mutter besser beurteilen, Fräulein Adrienne.«

»Warum?« Adrienne zuckte die Achseln. »Kann denn eine Mutter nie etwas Dummes sagen?«

Ihr war jede Gelegenheit recht, nicht lernen zu müssen. Beregi konnte erzählen, was er wollte, sogar Fußballgeschichten, und sie hing mit ihren glänzenden Augen an ihm und drängte ihn unersättlich, mehr, noch mehr. Wie ein Kätzchen strich sie schnurrend um ihn herum, berührte ihn fortwährend irgendwo (unvermeidlich in dem engen Alkoven), rieb sich auch schon einmal an ihm, kitzelte ihn mit ihrem Blondhaar. Dieses quirlige Geschöpf hätte man festbinden müssen, damit es stillhielt; unablässig war es in Bewegung, entwischte, hatte auch vor nichts Angst, auch nicht vor den Bomben; unter jedem erdenklichen Vorwand ging sie hinauf in die Wohnung oder erforschte die verwinkelten Gänge des Kellers. Einmal erwischte Beregi sie an der Hintertreppe, sie lehnte am Geländer und rauchte.

»Was machen Sie hier, Fräulein Adrienne?« fragte er.

Anstatt die Zigarette wegzuwerfen, ergriff das Mädchen hitzig Beregis Hände.

»Sie verraten es Mutter doch nicht? Nicht wahr, Sie verpetzen mich nicht?«

»Sie sind kein braves kleines Mädchen.«

»Ich bin kein kleines Mädchen mehr! Das möchte nur Mama so haben … Sie sagen ihr doch nichts, oder? Ich kann Ihnen doch vertrauen? Das tun Sie mir doch nicht an?«

Es war schon charmant und neckisch, dieses ranke, schlanke junge Ding, in ihrem Kamelhaarmantel über dem Trainingsanzug, die Zigarette im Mund; wie sie ihn hinter ihren Brillengläsern derart hingebungsvoll und unschuldig anflehte. Beregi wurde plötzlich ganz heiß.

»Wie meinen Sie das, daß Sie kein kleines Mädchen mehr sind?«

Adrienne schüttelte leidenschaftlich den Kopf.

»Nein, nein, ich will nicht mehr wie ein Kind behandelt werden! Ich habe es satt, bis oben hin satt. Andere Mädchen in meinem Alter heiraten schon und fahren Auto.«

»Aber Ihre Freundinnen und Klassenkameradinnen …«

»Auch die habe ich satt, mich langweilt ihre Dämlichkeit zu Tode, ihre läppischen Spiele, da bin ich längst darüber hinaus. Auch von der Schule habe ich genug, und von allen anderen … Ich pfeife auf sie, ich will sie nicht mehr sehen! Und Mama auch, sie wird sich noch wundern …«

»Warum, was hecken Sie denn aus?«

»Ich haue ab.«

»Ach. Und wohin?«

»Ins Ausland. Keine Ahnung, egal wohin …«

»Also so was! So eine kleine Heimlichtuerin!«

Adriennes Wangen glühten; sie sah Beregi plötzlich direkt in die Augen, dann starrte sie auf den Boden.

»Darf ich Sie um etwas bitten?«

»Nur zu.«

»Aber Sie werden mir nicht böse sein?«

»Nein, nein, keine Angst.«

»Darf ich Ihre Haare ein bißchen verstrubbeln? Aber Sie werden mir wirklich nicht böse sein?«

Beregi beugte sich hinunter und hielt ihr den Kopf hin.

Als er später in den Luftschutzraum zurückkam, war Adrienne schon da. Sie lackierte gerade ihrer Mutter die Fingernägel, dabei umschmeichelte, küßte und streichelte sie sie, nannte sie ihre teure, goldige, einzige Mama, legte den Kopf auf ihren Schoß, steckte ihr Zuckerwerk in den Mund. Frau Ferenczy genoß die mütterliche Pose sichtlich, sie ließ die Hand mit lächelndem Mutterstolz auf dem Blondhaar ihrer Tochter ruhen, nicht ohne Beregi mit einem warmen Blick in dieses hübsche Ensemble einzubeziehen: Ihr kleines

Trio erinnerte in seiner vertrauten Intimität an ein Familienphoto.

Es hieß, die Russen seien schon beim Friedhof Kerepes angelangt. Ihre Geschütze donnerten unaufhörlich, Maschinengewehre ratterten, Bomben explodierten. Die Flugzeuge flogen so tief, daß sie fast die Dächer streiften. Eines Nachts fiel das Treppenhaus in sich zusammen, alle fünf Stockwerke. Es kam niemand zu Schaden, weil alle sich im Keller aufhielten. Aber von da an wagte sich kaum mehr jemand in die Wohnungen hinauf, obwohl die hintere Treppe noch begehbar war. Die Ferenczys hatten zum Glück auch hier unten eine Speisekammer, in ihrem eigenen Holzverschlag; in weiser Voraussicht hatte die Frau noch vor dem Beginn der Belagerung einen Teil ihrer Lebensmittelvorräte herunterbringen lassen. Den Schlüssel aber behielt sie immer bei sich, sie befürchtete, das Dienstmädchen könnte etwas stibitzen, also schickte sie lieber Adrienne, wenn etwas gebraucht wurde.

Eines Tages, als die Kartoffeln gewendet werden mußten, bat Frau Ferenczy Beregi, ihrer Tochter zu helfen. Der Holzverschlag befand sich am anderen Ende des Kellers. Mit einem einzigen Wachslicht tappten sie durch die dunklen, zugigen Gänge, und die Flamme erlosch immer wieder. Adrienne drängte sich erschauernd und kichernd näher an Beregi, und als dieser sich eine Zigarette ansteckte, bat sie ihn auch um eine.

»Das fehlte gerade noch! Ich soll Sie ins Verderben führen?«

»Nur einen Zug, bitte …«

Sie nahm die Hand des Mannes in ihre Hände und machte so einen Zug aus der Zigarette, die Glut glomm auf. Als Beregi die Zigarette zurücknahm, spürte er darauf die Feuchtigkeit der Lippen des jungen Mädchens. Später, während sie die Kartoffeln in der modrigen Speisekammer aussortierten, verursachte ihm ihre Nähe ein Kitzeln, ihre Hände berührten sich in der Kiste, sie bewarfen sich mit Kartoffeln und rangelten miteinander. Beregi war immer noch angeregt von ihrem letzten Zwiegespräch.

»Und was ist der Beweis dafür, daß Sie kein kleines Mädchen mehr sind, wie Sie behaupten?«

»Was für eine Art Beweis wollen Sie denn?«

»Zum Beispiel: Waren Sie schon mal verliebt?«

»Wenn Sie es unbedingt wissen wollen, ja«, antwortete Adrienne. »Und in mich waren schon mindestens zehn Jungen verliebt.«

»Na so was! Und das soll ich glauben?«

»Ja, letzten Sommer in Szováta, da hat sich einer unsterblich in mich verliebt. Wirklich wahr.«

»Unsterblich?« Beregi neckte sie. »Und wer war der Ärmste?«

»Er hieß Robi. Wenn Sie wüßten, wie die Mädchen alle in ihn vernarrt waren! Und sogar die Frauen!«

»Ach, so ein gefährlicher Schürzenjäger? Aber er, er hatte nur Augen für Sie.«

Dieser Robi studierte Ingenieurwesen im ersten Studienjahr, so erzählte Adrienne, und er ließ sie keine Sekunde in Ruhe, er lauerte ihr am Strand auf, wich ihr den lieben langen Tag nicht von der Seite, brachte ihr Tennisspielen bei, tanzte ausschließlich mit ihr und sagte, wenn er die Universität beendet haben würde, wolle er sie heiraten. Und obwohl alle Frauen in Szováta ihm zu Füßen fielen wie reifes Obst, würdigte er sie nach Adriennes Ankunft keines Blickes mehr; für sie war das eher unangenehm, all diese neidischen und eifersüchtigen Blicke … Mittlerweile waren sie fertig mit dem Kartoffelsortieren, doch Beregi wollte noch nicht zurück.

»Und Sie, waren Sie auch verliebt in ihn?«

»Damals dachte ich es.«

»Und jetzt?«

»Aber nein, das war doch nur ein eingebildeter kleiner Junge.«

»Mögen Sie keine kleinen Jungen?«

»Sie sind so dumm, so ungehobelt … Wie alt sind Sie?«

»Vierunddreißig.«

»Ach, gerade zweimal so alt wie ich!«

»Finden Sie mich alt?«

»Überhaupt nicht, im Gegenteil«, sagte das Mädchen mit glänzenden Augen. »Das ist das tollste Alter … Mit solchen Rotzbengeln kann ich mich doch nicht einmal unterhalten.«

»Und mit mir können Sie das? Langweilen Sie sich nicht?«

»Ganz und gar nicht, niemals!«

»Wollen wir uns duzen?«

»Gut«, flüsterte Adrienne schnell und reichte ihm die Hand. »Aber nur im geheimen, wenn uns Mama nicht hört … Servus, du.«

»Servus.« Beregi drückte ihre Hand fest, er ließ sie gar nicht mehr los. »Dazu gehört aber auch ein Küßchen.«

»In Ordnung«, flüsterte Adrienne weiter und hielt ihm die Wange hin. Beregi küßte sie leicht neben dem Ohr, doch als er keinen Widerstand spürte, glitt sein Mund weiter, auf ihre Lippen.

Sie waren kühl und weich und zitterten unter seinem Kuß. Der Mann war erstaunt.

»Du kannst aber gut küssen! Weißt du, wie süß du bist?«

»Du bist süß«, hauchte das Mädchen und drückte das Gesicht an Beregis Brust.

Sie aßen früh zu Abend, Frau Ferenczy klagte über Kopfschmerzen, seit Tagen konnte sie nicht richtig schlafen und wollte zeitig zu Bett gehen. Adrienne summte und tirilierte, während sie die Bohnensuppe löffelte, sie schaukelte mit dem Stuhl, und ihre Mutter mußte sie zweimal ermahnen, sie möge sich benehmen. Die Frau nahm eine doppelte Portion Schlafmittel und schlief um zehn Uhr tatsächlich schon ein. Auch Beregi zog sich auf seinen Platz zurück und legte sich hin. Doch er konnte nicht einschlafen, er wälzte sich auf seiner Matratze hin und her, strich sich den Bart und murmelte vor sich hin. Gegen Mitternacht, als im Keller schon alles still war, hörte er Schritte neben seiner Liegestatt.

»Wer ist da?« flüsterte er in die Dunkelheit hinein.

»Ich bin's.«

»Adrienne?«

»Ja.«

»Was ist denn los?«

»Die Luft ist hier so drückend. Ich kann nicht einschlafen.«

Beregi setzte sich auf, seine Schulter streifte Adriennes Taille.

»Warum gehen Sie nicht auf den Hof hinaus?«

»Ich fürchte mich.«

»Gut, warten Sie …«

Er schlüpfte leise in seine Kleidung, zog auch den Wintermantel über. Dann suchte er nach der Hand des Mädchens, und sie schlichen zwischen Matratzenlagern und Betten zur eisernen Tür, legten die Verriegelung vorsichtig um und traten hinaus. Im Luftschutzraum rührte sich nichts.

Die Nacht war ganz ruhig, wie zu Friedenszeiten, am Himmel glänzten Sterne, es war kalt. Das Mädchen trug auch jetzt ihren Trainingsanzug und den Kamelhaarmantel, die Brille auf der Nase. Beregi küßte sie zuerst um die Brille herum, dann nahm er sie ab. Später rauchten sie. Adrienne schmiegte sich an ihn.

»Hast du dich mit anderen auch schon geküßt?«

»Ja.«

»Mit diesem Robi?«

»Ja.«

»Und habt ihr noch etwas anderes gemacht?«

»Wie, was anderes?«

»Warst du mit ihm …?«

Das Mädchen antwortete nicht. Beregi räusperte sich.

»Wenn du nicht magst, mußt du es nicht sagen«, begann er von neuem.

»Einmal waren wir auf einem Ausflug«, flüsterte Adrienne.

»In Szováta?«

»Oben im Wald. Die ganze Gesellschaft, Jungen und Mädchen. Wir zwei haben absichtlich getrödelt, und dann haben wir die anderen verloren.«

»Das war mit Robi?«

»Er sagte, er würde mir einen Salzberg zeigen. Das stimmte, er war wirklich ganz weiß und nur aus Salz, ich konnte mir sogar ein Stück abbrechen, und wir kosteten es. Dann setzten wir uns unter einen Baum und schauten das Salz an, das war so interessant …«

»Ja und?«

»Da sagte er, daß er schon mit vielen Frauen war und daß es ihm sehr fehlt, aber mit einer anderen will er es nicht, weil er nur mich liebt, er könnte mich nicht betrügen, aber er hält es nicht mehr aus.«

»Und war's gut?«

»Ich weiß nicht.«

»Liebst du ihn noch?«

»Jetzt nicht mehr ...«

»Sicher nicht?«

»Ganz sicher nicht ... Aber du schwörst, daß du es niemandem weitererzählst?«

Beregi küßte sie wieder, sie waren ganz erhitzt und taumelig, wie betrunken, sie hielten sich umschlungen. Es herrschte eisiger Frost; Adrienne zitterte, sie knöpfte den Mantel des Mannes auf und suchte Schutz unter seinen Flügeln.

»Ist dir kalt?« fragte Beregi.

»Ein wenig.«

»Sollen wir zurück?«

»Nein, nein«, flüsterte das Mädchen schnell.

»Was sollen wir dann tun?«

»Ich weiß nicht ...« Adrienne musterte die Klinkersteine des Bodens, als suche sie etwas. »Ich habe den Schlüssel bei mir.«

»Welchen Schlüssel?«

»Den zu unserer Wohnung.«

Beregi war verblüfft. »Das ist ja riesig, was bist du für ein kluges Mädchen! ... Aber sag, hast du keine Angst, da hinaufzugehen?«

»Sie werfen ja jetzt keine Bomben. Und du? Hast du keine Angst?«

»Ich habe nie Angst ...«

Sie liefen die noch unversehrte hintere Treppe hinauf, Adrienne war schon im zweiten Stock ganz außer Atem, sie mußte sich ans Geländer lehnen. Am kalten, sternklaren Himmel kreuzten sich die Lichtkegel der Scheinwerfer, die sich hoch oben an ein leise brummendes Flugzeug hefteten und ihm mit dem Leuchtfeuer ihrer Strahlen folgten. Das Paar genoß dieses Schauspiel mit stummem, erregtem Entzücken, die beiden waren erfüllt von einem seltsam beklemmenden Gefühl, als seien sie nicht nur ganz allein hier so weit oben in diesem Gebäude, sondern allein in der ganzen Stadt. Aus der Ferne hörten sie Detonationen, dann zogen Leuchtgeschosse ihre rote Bahn über den Himmel – aber das Flugzeug verschwand schließlich aus ihrem Blickfeld.

Von hier an stiegen sie langsamer, auf Zehenspitzen und behutsam in die vierte Etage hinauf. Die Wohnung war von Einschüssen schon leicht beschädigt, durch die Löcher in der Wand leuchtete die Nacht. Sie machten kein Licht, sie tasteten sich durch die dunklen, zugigen Zimmer, stolperten über zusammengerollte Teppiche. In der Küche war es noch kälter, daraufhin zog Adrienne ihn weiter, in ihr Kinderzimmer, das noch unversehrt schien. Hier war alles weiß lakkiert, der Schreibtisch, der Schrank und das Bett des Mädchens, ein riesiger Teddy saß in der Ecke auf einem geflochtenen Kinderstuhl, neben ihm stand ein kleiner eiserner Ofen, der für die Winterszeit hereingestellt worden war.

»Wollen wir einheizen?« fragte Adrienne.

»Gute Idee!«

Sie fanden Holz und Kohle in der Kiste im Vorzimmer, Beregi war ein Meister im Feuermachen. Binnen kurzem loderte die Flamme hoch, der kleine Ofen wurde heiß und glühte rot, er brachte den Frost der wochenlangen Belagerung zum Schmelzen. Bald schlüpften sie aus ihren Mänteln, und Beregi zog das Mädchen an sich.

»Liebst du mich?«

Adrienne nickte heftig, sie zitterte leicht in seinen Armen, obwohl ihr Gesicht bereits glühte.

»Seit wann?«

»Seit du mich mit der Zigarette ertappt hast. Du warst so süß, als du dir die Haare zerzausen ließest … Sag, ist es wahr, was man sagt, du wärst …?«

»Was denn?«

»Du weißt schon.«

»Wer hat das gesagt?«

»Diese gräßliche Frau Huszár, die Zahnarztfrau.«

»Und wenn schon? Wär' das schlimm?«

»Aber nein, das ist ja so aufregend! Auch in der Schule waren immer die jüdischen Mädchen meine besten Freundinnen, sie sind viel gescheiter und netter. Und mein Mann wird sicher auch Jude sein …«

»Was bist du doch für ein Kind«, sagte Beregi und zog sie wieder an sich. »Und wie heiß dir ist. Willst du deinen Trainingsanzug nicht ausziehen?«

»Doch«, flüsterte Adrienne.

Sie kehrten dann getrennt in den Luftschutzraum zurück. Als das Mädchen in ihr Bett schlüpfte, fuhr Frau Ferenczy hoch.

»Wo warst du?«

»Im Hof.«

»Um diese Uhrzeit? Wieso denn?«

»Stell dir vor, ich träumte, das Haus hätte einen Volltreffer abbekommen«, sagte Adrienne schlagfertig. »Alle fünf Stockwerke waren eingestürzt, das Bild vom Großvater, wo er mit der Uniform drauf ist, das hing dort auf der Klopfstange. Es war so schrecklich, ich hielt es nicht mehr aus, ich mußte einfach nachschauen gehen …«

Der Erfindungsreichtum des Mädchens war schier unerschöpflich; von da an stahl sie sich öfter mit Beregi fort, hinauf in die Wohnung, manchmal sogar mehrmals am Tag. Immer fand sie einen Vorwand. Die Kämpfe setzten erneut ein, und diese Ausflüge erforderten einige Tollkühnheit, ja, einmal befanden sie sich mitten in einem wilden Feuergefecht, der Lüster schwang hin und her, die Wände erzitterten, die Fensterscheiben zerbarsten, Verputz und Dachziegel fielen herunter, und eine Granate zerfetzte den Speicher über ihren Köpfen. Doch das ließ Adrienne sich nur noch enger an den Mann schmiegen.

»Hast du auch jetzt keine Angst?« fragte Beregi.

»Niemals, solange du bei mir bist.«

Anfangs war das Mädchen eher ungeschickt bei der Liebe, wie ein Schwalbenjunges, das eben das Fliegen lernt. Beregi war ihr erster richtiger Liebhaber, und er verstand es, sie in Ekstase zu bringen: Adriennes Leidenschaft kannte bald keine Grenzen mehr. Sie brauchten bloß einen Augenblick allein zu sein, schon war sie dicht an ihm, flüsterte ihm mit glühenden Wangen Zärtlichkeiten ins Ohr, um ihn immer wieder hinauf in die Wohnung zu lotsen; ihr Blut und ihr Fleisch waren ständig in Wallung. Beregi fürchtete, ihre Mutter könnte etwas mitbekommen, und manchmal wurde ihm sein doppelter Einsatz fast zuviel, doch dann riß ihn Adriennes Hitze wieder mit.

Das Mädchen liebte ihn mit dem Egoismus

und mit der völligen Hingabe der Jugend: Sie schmuggelte ihm systematisch die besten Stücke zu, weil sie wußte, wie sehr er Fleisch mochte; sie stahl sogar für ihn aus der Speisekammer: mal ein geselchtes Rippchen, mal ein paar Scheiben Wurst oder ein Stück Speck. Und ununterbrochen plapperte sie ihn voll mit ihrem Kleinmädchenkram, erzählte begeistert von ihrem Vater, von ihrer Familie, von Filmen und Schülerinnenstreichen, von den Nonnen, die sie unterrichteten. Dann wieder kam es vor, daß sie Beregis Hand ganz unerwartet an sich riß und zischte:

»Spürst du, wie ich dich liebe?«

»Schon, ja.«

»Mein Leben …«, hauchte Adrienne und küßte ihn aufs Ohr. Und sie kritzelte ihm Briefe und kleine Zettel, die sie ihm unter die Decke oder in die Hosentaschen steckte, sogar in seine Schuhe: Sie schrieb ihm, was sie gerade fühlte oder was sie in der Nacht geträumt hatte, und, wenn ihr sonst nichts einfiel, ein »Ich bete dich an« in riesigen Lettern.

Beregi lebte von nun an in der permanenten Angst, das Mädchen würde durch sein überschwengliches Verhalten ein Unheil provozieren. Frau Ferenczy schien aber zum Glück nichts zu bemerken, sie war anderweitig beschäftigt.

Ihr war nämlich hinterbracht worden, daß Frau Palotás, die Frau des Oberstleutnants, im Keller öffentlich verkündet hätte, bei den Ferenczys herrsche eine Sauwirtschaft, die Frau sei eine Bohemienne, sie vergeude und verprasse alles, sie habe nur Putz und Klamotten im Kopf, die Schneiderin, die Konfiserie, und selbst beim Kochen würde sie rauchen, ihre Wäsche würde sie in die Wäscherei geben und hätte noch nicht einmal die Aussteuer für ihre Tochter beisammen. Diese Offiziersfrau war von jeher die Erzfeindin von Frau Ferenczy, sie redeten nicht einmal miteinander, und auch jetzt ließ Frau Ferenczy sich nicht herab, auf deren Angriffe zu reagieren. Wenn sie also die neidischen Spötteleien bezüglich ihrer Liaison gleichmütig über sich ergehen ließ, so war doch die üble Nachrede, die ihren Hausfrauenstolz beleidigte, zuviel. Tagelang räsonierte sie darüber und lag Beregi immer wieder damit in den Ohren.

»Ausgerechnet die zerreißt sich das Maul? Frau Palotás? Vor der alle Bediensteten flüchten, weil sie sogar das Brot rationiert und fünfmal denselben Tee aufgießt … Das ganze Haus lacht über sie, die teure Emily fabriziert aus einem Ei zwei Spiegeleier, das ist ihr Patentrezept, sie teilt das Eigelb in zwei Teile! Am liebsten würden sie ihren eigenen Dreck auffressen! Wenn sie nichts zu beißen hätten, könnte ich das noch verstehen. Aber sie besitzen drei Häuser, eines in der Aradistraße und zwei in der Vorstadt, und darüber hinaus ist die gnädige Frau noch stille Teilhaberin in einem Nachtcafé, ja genau! Wenn ich's doch sage! Dazu nimmt sie noch Strickarbeiten an. Sie bekommt ihre Pension, Kinder haben sie keine, wenn ich nur wüßte, für wen sie sparen? Für die Russen? Oder damit sie in ihrem Dreck ersticken? Denn davon haben sie reichlich, Spinnweben, dicke Staubschichten auf der Anrichte, der Spitzenvorhang ist ganz schwarz, ihnen ist es ums Geld leid für Seife und Bohnerwachs … für sie wäre das Verschwendung, ja, so wie mein Gatte jeden Tag ein sauberes Hemd anzieht, oft sogar zweimal täglich, und frische Unterwäsche, Socken, Taschentücher, das kann man gern überprüfen …«

Beregi mochte dieses Frauengeschwätz ganz gern, er nickte, stimmte zu, er war sogar bereit, ihr in dieser Angelegenheit kleinere Gefallen zu erweisen, zum Beispiel auszuspionieren, was es bei den Palotás zu Essen gab:

»Heute haben sie gar nicht gekocht, die Frau hat nur zwei Maislaibchen zu Mittag gegessen, der Oberstleutnant hatte eine Scheibe Brot mit

Öl, das war aber mindestens acht Tage alt, und er klaubte noch die Krümel auf.«

»Typisch!« quittierte Frau Ferenczy das Gehörte zufrieden. »Die haben noch zwei Töpfe Schmalz, das habe ich selbst gesehen, und eineinhalb Säcke Mehl. Sehen Sie, sogar ein Oberstleutnant kann ein ungehobelter Kerl sein ...«

Adrienne war dieser Zank vollkommen egal, sie stupste Beregi verstohlen mit dem Fuß an, konnte es kaum erwarten, mit ihm allein zu sein. Eines Abends, als sie eben wieder die Hintertreppe nach oben schlichen, begegneten sie Nelli auf dem ersten Treppenabsatz, die gerade aus ihrer Wohnung kam. Sie blieb gar nicht stehen, sah durch sie hindurch, als wären sie Fremde, und ging mit ihren Bündeln hochmütig dahin. Beregis Miene verfinsterte sich, doch Adrienne nahm, kaum waren sie oben angekommen, sein Gesicht in ihre heißen Hände.

»Du bist mein, du gehörst niemand anderem, nur mir. Verstehst du?«

»Schon recht«, murmelte Beregi.

»Du bist mein Leben, mein Alles, ich liebe dich, wie ich noch niemals geliebt habe.«

»Verstehe.«

»Mehr als irgend jemanden auf der ganzen Welt, merk dir das.«

»Mehr, als du den Robi geliebt hast?«

»Aber ja, der ist doch ein dummer Rotzbengel.«

»Sogar mehr als deine eigene Mutter?« sagte Beregi, um sie weiter zu necken.

»Mehr als meine eigene Mutter.«

»Und mehr als deinen Vater?«

»Der spielt da gar nicht mit.«

»Mehr als den lieben Gott?«

»Ja, noch mehr! Denn meine Gebete gehen alle zu dir.«

Am Nachmittag des Dreizehnten wurde dröhnend gegen die Eisentür des Luftschutzraums geschlagen. Es war eine Patrouille der Pfeilkreuzler, zwei Männer und eine Frau: Frau Mikucz. Sie suchten Gyulavári, den Blockwart, dann ließ sich der Patrouillenführer, ein Schnauzbartträger in schwarzer Uniform, die Papiere aller Leute im Keller zeigen. Sein Kollege war ein schmächtiger, pickeliger, vielleicht fünfzehnjähriger Bursche, der ein riesiges Gewehr mit sich schleppte. Frau Mikucz war eine hochgewachsene Rothaarige, sie trug einen Ledermantel, Schaftstiefel und eine Pistolentasche, auf dem Kopf eine schief aufgesetzte kleine Baskenmütze. Die Kontrolle verlief schnell und leise, der Bärtige bat um die Ausweise, hob die Hand an den Mützenrand und ging weiter. Als er bei den Ferenczys angelangt war, reichte ihm zuerst Frau Ferenczy ihre Dokumente; Beregi zog irgendwelche abgewetzten Papiere hervor. Der Pfeilkreuzler nahm sie, und Frau Mikucz, die bislang kein Wort gesagt hatte, blickte ihm über die Schulter und sah dann Beregi mit unbewegter Miene ins Gesicht.

»Der Herr gehört zu uns«, sagte Frau Ferenczy.

Der Pfeilkreuzler gab die Papiere zurück, salutierte, und sie gingen alle drei weiter. Sie hatten keinem der Leute Probleme gemacht, murrten nur wegen der zertretenen Zigarettenkippen. Gyulavári kümmerte sich nicht besonders um das Rauchverbot, er selbst rauchte im Luftschutzraum seine Pfeife.

Aber noch am selben Abend kam Frau Mikucz wieder. Sie war diesmal allein und ging geradewegs auf Beregi zu, der mit den Ferenczys bei den Resten des Abendessens saß.

»Sie kommen mit.«

Frau Ferenczy ging dazwischen.

»Aber entschuldigen Sie mal, der Herr ist in kriegswichtiger Industrie tätig.«

»Dieses Papier ist falsch«, stellte Frau Mikucz mit ihrer tiefen, heiseren Stimme fest. Sie hatte den Daumen soldatisch in ihre Koppel eingehängt, um den linken Arm trug sie eine Binde mit dem grünen Pfeilkreuz.

»Hören Sie, ich bin die Frau des Obersten Ferenczy. Ich übernehme für ihn die volle Verantwortung.«

»Ich rede nicht mit Ihnen«, versetzte Frau Mikucz und wandte ihre kalten blauen Augen nicht von Beregi ab. »Na los, machen Sie schon, eins, zwei!«

Adrienne hatte die Szene bisher wortlos beobachtet, jetzt aber sprang sie auf, schlang die Arme um den Mann und keuchte: »Ich lasse ihn nicht weg! Was wollen Sie von ihm, ich lasse ihn nicht weg!«

Sie warf sich schluchzend an seine Schulter, hielt ihn umarmt und schüttelte ihn. Frau Mikucz zog die Pistole aus dem Holster.

»Schluß mit dem Zirkus. Los jetzt.«

Beregi stand auf, wischte sich mit dem Taschentuch über den Mund, zog seinen Wintermantel an und bahnte sich einen Weg zwischen Betten, Stühlen und Koffern. Aber Adrienne klammerte sich an ihn, sie ließ sich von ihm mitschleppen und schrie dabei unaufhörlich: »Wohin bringen Sie ihn? Ihr alle hier, so tut doch etwas!«

Keiner im Keller rührte sich, die Hausbewohner versuchten, sich unsichtbar zu machen, auch der Blockwart war nirgends zu sehen. Bei der Eisentür angelangt, stieß Frau Mikucz das Mädchen weg und schubste Beregi vor sich her. Noch auf der Treppe konnten sie ihr Heulen hören.

»Wohin bringen Sie ihn? So sagen Sie mir doch, wohin Sie ihn bringen!«

Die Reáltanodastraße war dunkel und ausgestorben, von Buda her hörte man Gefechtslärm. Sie brachen in Richtung Universitätsstraße auf, rechts der Mann, ohne Hut, neben ihm, aber auch ein wenig hinter ihm, Frau Mikucz, die Pistole in der Hand. Sie überquerten den leeren Platz, gingen an den geborstenen Fensterscheiben des Café Central vorbei und weiter in die Irányistraße.

»Sagen Sie bitte, wohin gehen wir?«

»Sie werden es schon sehen«, antwortete die Frau mit tiefer Stimme. »Und halten Sie den Mund.«

»Zur Donau?«

»Und wenn schon? Glauben Sie, Sie sind anders als die anderen?«

»Da haben Sie recht ...«, murmelte der Mann.

Seitdem er das letzte Mal draußen gewesen war, hatte sich das Stadtbild ziemlich verändert.

Jedes zweite Haus war schwer beschädigt. Auf dem Apponyiplatz brannte prasselnd ein Dachstuhl, die gelb lodernden Flammen leuchteten bis zu ihnen hinunter. Stellenweise war die Straße von den Trümmern ganz verschüttet, sie mußten darüberklettern. Frau Mikucz stolperte sogar einmal, sie stürzte fast. Beregi griff zuvorkommend nach ihrem Ellbogen und stützte sie. Als sie das Hindernis überwunden hatten, klopfte sie ihren Rock ab und warf die üppigen Haare in den Nakken. Sie zogen weiter, und Beregi ging, wie es sich gehört, links von der Dame, er hüstelte.

»Darf ich etwas fragen?«

»Was?«

»Sie dürfen aber nicht böse werden.«

»Was wollen Sie?«

»Tragen Sie wirklich schwarze Spitzenunterwäsche?«

Die Frau blieb abrupt stehen.

»Wer hat Ihnen das gesagt?«

»Eine Bekannte.«

»Und warum interessiert Sie das?«

»Nur so.«

Sie gingen weiter in Richtung Kai, die Öffnung der Straße ließ die dunkle Masse des Gellértbergs erahnen. Frau Mikucz verlangsamte ihren Schritt wieder, als grüble sie über etwas nach.

»Sagen Sie, warum fragen Sie so etwas? Haben Sie keine anderen Sorgen?«

»Ich habe mir eben vorgestellt, wie Sie darin wohl aussehen«, antwortete Beregi.

»Ja, und?«

»Na, schon recht süß.«

Zu dieser späten, unwirtlichen Stunde waren die Straßen menschenleer. Vor dem Mädchengymnasium stand ein deutscher Militärlastwagen, auch der sah leer aus.

»Ich weiß schon, wer Ihnen das gesagt hat«, brach Frau Mikucz das Schweigen. »Diese Nelli, die Nelli Jobbágy.«

»Wie haben Sie das erraten?«

»Ich weiß alles … ich weiß auch, warum die Frau des Obersten sich derartig für Sie eingesetzt hat. Während ihr Mann kämpft, hält sie sich hier junge Männer, Drückeberger … Wie es scheint, mögen die Frauen Sie.«

»Mit Verlaub, es ist eher umgekehrt. Aber es kommt natürlich auf die Frau an. Die gegenseitige Sympathie, die macht es aus …«

Frau Mikucz blieb an der Ecke zur Molnárstraße stehen, holte eine Packung Zigaretten aus der Tasche ihres Ledermantels, nahm sich eine und bot auch Beregi eine an.

»Na, hier, rauchen Sie noch eine!«

»Küß die Hand, danke.«

Er gab ihr Feuer, Zündhölzer hatte er immer bei sich. Die Flamme erhellte Frau Mikucz' Gesicht, es war breit und voll, wie alles an ihr, mit kräftigen, aber überraschend regelmäßigen Zügen, die Nase gerade, ihre weit auseinander liegenden blauen Augen glanzlos, fast leblos, als blickten sie nirgendwohin, die Haare dicht, mit einem roten Schimmer. Sie standen da und rauchten; Beregi räusperte sich, versuchte in der Dunkelheit den Gesichtsausdruck der Frau zu erkennen.

»Was starren Sie mich so an?« fragte Frau Mikucz. »Am Ende betrachten Sie mich auch noch als Frau?«

»Na ja … Sie haben schon etwas an sich …«

»Was ist denn, haben Sie die Nelli satt? Und die welken Reize der Frau Obristin?«

»Ach, die Nelli.« Beregi kam das Thema genau zupaß. »Alles, was recht ist, aber das ist doch ein ziemlich primitives Mädel. Die kann über nichts anderes reden als übers Kochen, Putzen, und ja, über die Nachbarinnen. Gott sei davor, unter ihr Mundwerk zu geraten! Und wie dick sie wird. Ich gebe ihr keine zwei Jahre, dann ist sie groß wie ein Zinshaus …«

»Sie sind dann auch glatt von ihr übergelaufen zu der alten Obristin, wie?«

»Ehrlich gesagt, das war nicht das reinste Vergnügen. So eine eigenartige Person, die Frau Oberst: Die glaubt, die ganze Welt drehe sich um sie, alles will sie dirigieren. Sie meint, sie wär' was Besseres, niemand im Keller kann sie ausstehen. Sie traktiert jeden mit ihren Familiengeschichten, und wenn sie erst anfängt, ihre Tochter zu erziehen ... Und die erst, die kleine Adrienne, über die wollen wir gar nicht reden, was für eine dumme kleine Gans das ist, tut so, als könne sie kein Wässerchen trüben ...«

»Warum ziehen Sie über sie her, hatten Sie die etwa auch?«

»Ich bitte Sie, ein Gentleman spricht über solche Sachen nicht«, erklärte Beregi ritterlich. »Eines ist aber sicher, mit dem Waschen hat sie es nicht so besonders, die Kleine ... Das kann sehr genant sein, nicht wahr, Sie verstehen das, Sie, die Sie französisches Parfum benutzen ...«

Frau Mikucz fuhr auf.

»Und von wem haben Sie das?«

»Ein Kenner riecht das sofort ...«

»Also so was! Sie hält aber auch nichts vom Flirten ab?«

»Ich sage es nur, wie es ist«, versicherte Beregi. »Und eines darf ich vielleicht noch anfügen: Es ist jammerschade, daß wir einander nicht früher begegnet sind.«

»Das war genau Ihr Glück bis jetzt, Sie dummer kleiner Filou!«

»Wissen Sie, gnädige Frau, jemanden, der auf der Suche ist, kann nichts abhalten. Solange er nicht die Richtige gefunden hat …«

Die Frau lachte heiser auf.

»Warum schlagen Sie nicht gleich vor, mit zu mir hinaufzugehen statt hinunter ans Donauufer?«

»Wo Sie's sagen, das wäre gar keine schlechte Idee, wenigstens für eine halbe Stunde … Zur Donau können wir danach immer noch gehen. Wir lassen es uns ein wenig gutgehen, nicht wahr? Wem sollte das schaden?«

Frau Mikucz hob die Pistole an, die sie noch immer in der Hand hielt, entsicherte sie und lud durch. Eine große Frommer, ein wuchtiges, veraltetes Modell.

»Es gibt keinen angenehmeren Duft an Damen als französisches Parfum«, sagte Beregi. »Zum Beispiel jemanden, der so duftet, überall zu küssen, von oben bis unten …«

Die Frau fingerte immer noch an ihrer Waffe herum, ohne dabei den Blick von Beregi abzuwenden, sie taxierte ihn nachdenklich. Dann ließ sie die Pistole doch in das Lederholster an ihrer Hüfte gleiten.

»Na kommen Sie, ich muß ohnehin Koks nachlegen«, murmelte sie. »Aber im Stiegenhaus, da halten Sie den Mund, nicht daß jemand Sie hört!«

Sie wohnte keine zwei Minuten entfernt, in der Ivor-Kaas-Straße. Sie besaß einen Haustorschlüssel, der Eingang ihrer Parterrewohnung befand sich gleich im schmalen Hof: Sie trafen keine Menschenseele. Drinnen zündete Frau Mikucz die Petroleumlampe an.

»Eine nette kleine Wohnung«, bemerkte Beregi, und während die Frau geräuschvoll mit dem Ofen hantierte, sah er sich ungeniert um. Ein Zimmer plus Vorzimmer, hübsch eingerichtet, mit Bad, wo sogar noch Wasser aus den Hähnen tröpfelte, er guckte auch in die winzige Küche und hob einen Deckel an. Dann machte er sich im strohgeflochtenen Lehnsessel breit und schaukelte, er sah Frau Mikucz zu, wie sie sich mit dem Feuer abmühte.

»Kann ich behilflich sein?«

»Lassen Sie nur, Sie verstehen sowieso nichts davon.«

»Ein Dauerbrandofen?«

»Doppelkammersystem.«

»Und stimmt es, daß darin das Feuer nie ausgeht?«

»In dem hier? Ich habe am vierten Oktober eingeheizt, der muß bis April brennen. Ich lege am Morgen einen Eimer Koks nach und einen Eimer am Abend, das ist alles.«

»Und bekommen Sie genug Nachschub?«

»Von der Gasfabrik, mein Mann arbeitet dort.«

»Welche Qualität? Nuß?«

»Nuß I.«

»Friedensware?«

»Wo denken Sie hin! Da, schauen Sie sich das an, da sind ja lauter Steine drin.«

Es war sogar für Beregi ein ungewohntes Schauspiel, wie Frau Mikucz ihre Koppel und den martialischen Ledermantel ablegte und sich der Stiefel entledigte. Wobei sie gar kein schwarzes Spitzenunterkleid trug, sondern diskrete hellblaue Seide und Seidenstrümpfe, nur ihr Strumpfgürtel war schwarz, mit blauen Bändern.

»Sie sehen, kein einziges Wort ist wahr«, sagte sie.

Allerdings duftete sie um so angenehmer und wirkte gepflegt, und wenn ihr Körper auch ein wenig zu groß und grobknochig war, so hatte sie schmale und wohlgeformte Hände und Füße, auch ihr breites Gesicht war schön. Sie war vielleicht Anfang Dreißig.

»Wie heißt du?« fragte er, während er sie an sich zog.

»Elsa.«

Später aßen sie zu Abend. Beregi hatte zwar an jenem Abend schon bei Ferenczys gegessen, doch lagen hier so viele Delikatessen vor ihm, eine im Ganzen gebratene Gänseleber aus der Konserve, Salami aus Gyula, Sardinen, Zitronen und kandierte Südfrüchte, Schokoladenkekse, Rumkirschen, er konnte einfach nicht widerstehen. Frau Mikucz hielt sich lieber ans Trinken, zuerst Eierlikör, dann Dreistern-Weinbrand von Dreher.

»Bist du denn gar nicht in den Keller gezogen?« fragte Beregi und stocherte mit seiner Gabel im gelben Fett der Gänseleber herum.

»Ich werde doch den Ofen nicht ausgehen lassen.«

»Hast du keine Angst vor den Granaten?«

»Bis hierher können sie gar nicht gelangen, wir sind im toten Winkel.« Sie zuckte mit den Achseln. »Ich habe keine Lust, auf meine Bequemlichkeit zu verzichten. Und außerdem, die Bombe trifft dich im Keller genauso, wenn sie will, es ist doch völlig egal, ob hier oder dort …«

Auf dem Nachtkästchen stand das gerahmte Photo eines Mannes.

»Ist das dein Mann?«

»Ja, ja.«

»Und wo ist er?«

»Was weiß ich, vielleicht in Sopron.«

»Seid ihr geschieden?«

»Wir leben getrennt.«

»Was macht er beruflich?«

»Buchhalter.«

»In der Gasfabrik?«

»Abteilung Nebenprodukte.«

»Und wie kommt er nach Sopron?«

»Er ist Mitglied im großen Rat und mit den hohen Tieren nach Westen abgehauen.«

»Warum hat er dich nicht mitgenommen?«

»Hat er wahrscheinlich vergessen.«

Frau Mikucz schenkte sich erneut nach, ihre Augen trübten sich, ihre Bewegungen wurden schwer. Beregi tat nur so, als würde er mithalten, ihn interessierte mehr, was es zu rauchen gab. Zigaretten waren auch wirklich in Hülle und Fülle da, allerlei seltene Marken, ausländische, mit vergoldeten Filtern. Nach einigem Zögern entschied er sich für eine Zigarre Marke »Hargita«, kappte mit seinem Taschenmesser umständlich den Zigarrenkopf und paffte los.

»Warum lebst du nicht mit deinem Mann zusammen?«

»Der ist ein Tier.«

»Wie heißt er?«

»Jenő Mikucz.«

»Hat er dich betrogen?«

»Nicht nur das.«

»Also dann?«

»Was geht das dich an?«

Sie kippte ein weiteres Gläschen Brandy, dann legte sie sich aufs Sofa. Sie trug einen blausamtenen Morgenmantel, ließ ein seidenbestrumpftes Bein herunterhängen. Ihr langes rotes Haar bedeckte das ganze Kissen.

»Ein brutales Schwein«, sagte sie mit ihrer heiseren Stimme.

»Wer?«

»Der Jenő. Gib mir die Flasche her.«

Beregi brachte sie ihr.

»Das Glas auch … Ist es denn normal, daß man seine Frau mit dem Leibriemen schlägt? Und mit dem Schuhspanner?«

»Wie, mit dem Schuhspanner? Hat er damit nach dir geworfen oder dich damit geschlagen?«

»Jetzt wird es auch die Blanka lernen, sie wollt's ja nicht anders …«

»Welche Blanka?«

»Die Blanka Bajor. Mit der ist er nach Sopron.«

»Und wer ist diese Frau? Ist sie hübsch?«

»Ihr Papa ist Staatssekretär.«

»Und wie hat dein Mann erklärt, daß er sie mitnimmt?«

»Er hat gar nichts erklärt. Er hat nicht mal adieu gesagt.«

»Warum trauerst du ihm nach, wenn er dich geprügelt hat?«

Sie antwortete nicht, und Beregi hatte es auch nicht allzu eilig, dieses Rätsel zu lösen. Viel mehr interessierten ihn die Rundungen, die die auf dem Sofa hingestreckte Frau hervorblitzen ließ: Sie waren voll und weich, wie ein großer Gummiball. Er setzte sich wieder zu ihr und begann sie aus ihrem Morgenmantel zu schälen. Da fiel ihm etwas ein:

»Weißt du was? Stell dich einmal her, in Unterrock und Strümpfen. So, jetzt leg deine Koppel an, auch die Pistolentasche … gut so, jetzt die Stiefel, zieh sie an, beide …«

Der Mann half ihr sogar dabei, er drückte die Brust gegen die Sohlen der klobigen Stiefel. Frau Mikucz ließ ihn gewähren, und als alles fertig war, lachte sie laut und rauh auf: »Gefalle ich dir?«

Tags darauf ging die Frau früh am Morgen weg.

»Gib acht auf das Feuer, laß es nicht ausgehen«, sagte sie beim Hinausgehen, dann sperrte sie die Tür von außen ab, es war zu hören, wie sie noch ein Vorhängeschloß einschnappen ließ.

Beregi lungerte in der Wohnung herum, machte einen Abstecher in die Speisekammer, hatte aber keinen richtigen Appetit, er knabberte nur ein bißchen herum. Später rasierte er sich, er hatte im Badezimmer Klingen, Rasierpinsel und Seife gefunden, seinen Schnauzbart aber rührte er nicht an. Draußen wurde pausenlos geschossen, was ihn ein wenig ängstigte, zudem war er auch ziemlich schläfrig, sie waren lange aufgeblieben; er schlüpfte wieder in das noch lauwarme Bett, ohne die Hosen auszuziehen, nur die Schuhe hatte er abgestreift, so schlief er ein.

Frau Mikucz kehrte erst am späten Nachmittag zurück. Sie war müde und trübsinnig, selbst den Tee mußte der Mann aufbrühen, und er servierte das Abendessen. Doch die Frau aß kaum etwas, sie trank vor allem Weinbrand. Als Beregi satt war, setzte er sich in den Schaukelstuhl.

»Du, Elsa, sag mal, als du mich aus dem Keller geholt hast, dachtest du daran, daß sich daraus das hier entwickeln könnte?«

»Wie soll ich das wissen?« antwortete Frau Mikucz und sah träumerisch an ihm vorbei.

»Und bist du vielleicht deswegen zurückgekommen?«

»Es war so, als wir die Ausweise durch hatten, kam diese Zahnarztfrau, die dort wohnt, mir nachgelaufen …«

»Die Frau Huszár?«

»Sie sagte, du seiest der Neffe der Frau Weidlinger, und die Frau Ferenczy würde dich aushalten.«

»Frau Weidlinger?« Beregi staunte. »Wer soll das sein?«

»Die hat auch in dem Haus gewohnt, dann mußte sie ins Getto.«

»So ein Blödsinn, ich weiß nicht mal, wer das ist.«

Frau Mikucz trank wieder einen Schluck, langsam und genußvoll.

»Weißt du, vielleicht rumorte das in mir: Wir haben so viele Juden erledigt, da kann ich zu einem auch einmal gut sein … Sag, was meinst du, kommen die Russen wirklich?«

»Aber ja! Man könnte meinen, sie seien schon …«

Sie trank den Rest aus ihrem Glas und zuckte die Schultern.

»Mir ist es egal. Alles ist mir vollkommen egal …«

Die Mikucz schien eine ordentliche Alkoholikerin zu sein, meistens kam sie schon angetrunken von ihren Ausgängen zurück. Und zu Hause hatte sie reichlich Vorräte, sie trank ununterbrochen, mechanisch, routiniert, und immer nur Hochprozentiges. Sie vertrug es ziemlich gut, ihr wurde nie schlecht, sie wurde nur trübselig und von schneidendem Humor. Dann erzählte sie häufig von ihrem Mann, dem Jenő. Das war ein Tyrann, ein ungezügelter, und wie viele Frauen er hatte, auch draußen in der Gasfabrik: alle wollte er sie. Danach ging es um die Blanka Bajor, wie sie sich den Jenő auf dem Parteiball geangelt hatte, wie oft sie vor ihren Augen miteinander getanzt hatten. Und dann um ihre Flucht, wie sich ihr Mann in den Wagen des Staatssekretärs geschmeichelt hatte; und am Weihnachtsabend hat er sie dann verlassen und nicht mal angerufen. Am Ende ging es immer wieder um die Grobheit Jenős, wie er sie gequält und geschlagen habe.

»Aber warum war er so schlecht zu dir?« erkundigte sich Beregi.

»Eines Abends zum Beispiel brachte er seine beiden Freunde mit. Sie tranken und sangen den ganzen Abend. Ich machte ihnen Langosch, da kam er in die Küche und sagte, ich soll mich ausziehen.«

»Vor seinen Freunden?«

»Ich wollte nicht, aber er bestand darauf, er sagte, ihm zuliebe, da war nichts zu machen …«

»Und wie? Nur das Kleid oder alles?«

»Sie haben das Radio aufgedreht, Musik gesucht, und Jenő wollte, daß ich mit seinen Freunden …«

»Mit allen beiden?«

»Er sagte, ich müsse es tun, wenn ich ihn wirklich liebte.«

»Und wie waren sie? Waren sie nett?«

»Besoffen waren sie.«

»Ja und?«

»Als sie weg waren, ohrfeigte Jenő mich ganz furchtbar.«

»Warum denn?«

»Aus Eifersucht.«

»Aber wenn er dich doch dazu gezwungen hat!«

»Er sagte, ich hätte mich weigern müssen …«

Es kam vor, daß sie mehrmals am Tag wegging, sie sagte nie, wohin, die Tür aber versperrte sie immer von außen. Beregi spülte dann das Geschirr, fegte die Wohnung, räumte die Asche aus dem Ofen und legte nach. Dann setzte er sich in den Schaukelstuhl, schlummerte ein wenig, oder er legte sich gleich ins Bett, um sich von der bewegten Nacht zu erholen. Wann und wo die Frau schlief, blieb ihm ein Rätsel.

Eines Abends hatte sie noch mehr intus als sonst, ihr Atem stank nach Fusel. Sie blickte Beregi, der gerade zu Abend aß, verstört und mit umflortem Blick an.

»Wer sind Sie denn?«

»Wissen Sie nicht mehr?« antwortete er, wie betäubt. »Die Frau Weidlinger, das heißt, die Frau Oberst, Frau Ferenczy … Sie haben mir gesagt, ich soll auf das Feuer achtgeben …«

»Wieso sind Sie noch nicht hingerichtet worden?«

Doch dann kümmerte sie sich nicht mehr um ihn, warf den Ledermantel und die Stiefel achtlos zu Boden, sank auf das Sofa nieder, stellte sich die Flasche hin und trank weiter. Um sie auf andere Gedanken zu bringen, versuchte Beregi, sie mit Fußballgeschichten zu unterhalten, er schilderte ihr das bemerkenswerte Match, als Ignaz Amsel, der Tormann von Ferencváros, Kalmár das Bein gebrochen hatte. Frau Mikucz hörte ihm wortlos, mit starrer Miene zu, sie schlief dann auch bald ein. Beregi stahl sich auf Zehenspitzen zum Lehnstuhl, auf den die Frau ihre Koppel gelegt hatte, er öffnete die Pistolentasche vorsichtig, musterte die Waffe und überlegte, wo er sie verstecken könnte. Er wagte es aber nicht, die Pistole herauszunehmen. Da hob Frau Mikucz auf einmal den Kopf.

»Was machst du da?«

»Nichts.«

Ein anderes Mal kam sie erst nach Mitternacht heim, mit zwei Koffern. Sie packte sie gleich aus: Ein Persianermantel kam zum Vorschein, Schuhe, Kleider, eine Wolldecke, eine Damenhandtasche aus Schlangenleder, allerlei Schmuck, Ketten.

»Ist das Gold?« erkundigte sich Beregi.

»Was weiß ich.«

»Wo ist es denn her?«

»Es ist von ... Gib mir etwas zu essen.«

Der Mann bereitete belegte Brote zu, er bestrich das Toastbrot mit Schmalz, darauf legte er dicke Scheiben Salami. Frau Mikucz kaute die Brote langsam, dann füllte sie ein Wasserglas halb mit Weinbrand, trank es aus, füllte nach und trank auch dieses aus.

»Seltsam, sie versuchten nicht einmal zu fliehen. Nicht einmal geschrien haben sie ...«

»Am Donauufer?« fragte Beregi.

»Sie standen dort Schlange, wie vor der Kinokasse. Einer von ihnen, ein altes Väterchen, putzte fortwährend seine Brille, wo er doch schon in der Unterhose dastand.«

»Und du, hast du auch geschossen?«

»Nur nachher, als sie schon im Wasser waren. Aber ich glaube, ich habe nicht getroffen …«

Sie kippte wieder ein halbes Glas, dann legte sie sich wie gewohnt auf das Sofa und ließ ein Bein herunterhängen, mit verlorenem Blick.

»Warum trinkst du nicht?«

»Es schmeckt mir eigentlich nicht.«

»Komm her.«

Beregi setzte sich zu ihr.

»Leg dich zu mir«, sagte die Frau. »Und nimm mich in die Arme … Fester! So, daß es weh tut!«

»Wozu soll das gut sein?«

»Ich will, daß es weh tut, verstehst du? Drück mich an dich, so fest du kannst …«

Beregi mochte solche Sachen nicht.

»Aber geh doch, hör auf damit.«

»Willst du den Pelzmantel? Ich gebe ihn dir.«

»Was soll ich damit?«

»Du nimmst ihn deiner Mutter mit.«

»Sie ist tot.«

»Dann irgendeiner Verwandten.«

»Ich hab keine …«

»Dann schlag mich! Hörst du? Ich will es. Schlag mich, so fest du kannst … Bestraf mich, tritt mich mit Füßen! Erniedrige mich, du Jud! …«

Sie rutschte vollkommen betrunken auf den Fußboden und lallte Jenős Namen.

Am nächsten Tag wartete Beregi vergeblich auf sie, sie kam auch am Abend nicht nach Hause. Nach zwei Uhr in der Nacht hatte er genug, er legte sich schlafen. Doch auch am folgenden Tag kam sie nicht nach Hause. Die hat sich doch tatsächlich abgesetzt, dachte er, oder sie ist über die Donau nach Buda hinüber – die Russen mußten ganz nahe sein, die Panzerkanonen dröhnten schon fast unter dem Fenster, auf jeden Fall in den benachbarten Gassen.

Er fühlte sich allein in der Wohnung nicht wohl. Und während des langen Wartens hatte er das Feuer ganz vergessen: Der Dauerbrandofen war ausgegangen. Er holte sich einen der Koffer und überlegte, was er alles einpacken könnte. Er war nur an Lebensmitteln interessiert, an Konserven, Käse, Süßigkeiten, sonst rührte er nichts an. Vor der Tür hing immer noch das Vorhängeschloß, das Fenster zum Hof war vergittert. Das Badezimmerfenster aber ging in den engen Lichthof und war groß genug, daß er hinausklettern konnte. Er stieß ein weiteres Fenster ein und landete im hinteren Lagerraum eines Geschäfts.

Der Rollbalken des Ladens war aufgebrochen, er konnte gerade darunter durchkriechen.

Die Straße sah an diesem frühen Nachmittag verlassen aus. Er überlegte, wohin er gehen könnte; er dachte sogar an Karoline, jene Bekannte, bei der er die Wochen vor Weihnachten verbracht hatte. Allerdings wohnte Karoline in der Kaiser-Wilhelm-Straße, und die lag nun sicherlich hinter der Frontlinie. So marschierte er doch auf der Ottokar-Prochaska-Straße los, dann wandte er sich bei der Kirche nach links, zur Reáltanodastraße. Auf der Fahrbahn lagen Pferdekadaver, die Gebäude wiesen zahlreiche neue Einschüsse auf, neben dem Hotel war ein Haus vollkommen eingestürzt. Vom Kálvinplatz her kam heftiger Gefechtslärm, Maschinenpistolen und Gewehre knatterten, knallten, dazu schlugen Granaten ein. Er drückte sich an die Mauer; von der Kossuthstraße sah er geschlossene Panzer auf ihren Kettenraupen in langen Reihen auf die Brücke zufahren. Weiter weg, auf dem Dach des Franklin-Hauses, ließen ein paar schlaksige deutsche Soldaten in Tarnkleidung die Flak mit einem Flaschenzug herunter. Beregi trat zu ihnen und bot einem der schweißnassen martialischen Burschen eine Zigarette an.

»Was ist, bitte schön?«

Der Deutsche nahm die Zigarette nicht an, er brummte nur etwas und zog schwitzend am Seil, dabei rief er etwas nach oben. Beregi rauchte daraufhin allein und zog weiter. Das Haustor in der Reáltanodastraße war versperrt, er hieb mit der Faust ein paarmal dagegen.

Nach einer geraumen Weile knirschte der Schlüssel im Schloß, und Gyulavári erschien. Er war völlig verdattert und starrte Beregi an, als wäre der aus dem Jenseits zurückgekehrt, aber er sagte nichts und ließ ihn ein. Beregi überquerte den Hof und trottete sogleich in den Keller hinunter, geradewegs zu den Bretterverschlägen. Nelli war noch da, sie saß allein in ihrem engen Verschlag. Als sie ihn erblickte, sprang sie auf, faßte sich ans Herz, dann leuchtete sie ihm mit ihrer Petroleumlampe ins Gesicht.

»Was, du lebst noch?«

»Warum sollte ich nicht?«

Nelli fiel ihm um den Hals, sie schluchzte auf.

»Oh, du Lump! Laß dich anschaun! Wo bist du gewesen ...?«

»Erzähl ich dir später ...«, brummelte Beregi, wuchtete den Koffer auf das Bett und machte ihn auf.

»Ach, natürlich, du warst bei der Mikucz!« rief Nelli aus. »Du, du verfluchter Hund, und ich habe dich schon betrauert … Deswegen also hat das Drecksstück dich abgeholt?«

»Na ja, das hat sich dann so ergeben …«

»Hat sich so ergeben! Ich kenne dich, du Windbeutel!«

»Aber zurückgekommen bin ich zu dir, wie du siehst.«

»Warum bloß? Hat sie sich aus dem Staub gemacht, die Pfeilkreuzlerhure? Klar, sie hat Angst, daß sie aufgeknüpft wird, verdient hätte sie's ja …«

Er begann, den Koffer auszupacken.

»Schau, ich dachte mir, das nehmen sich sonst andere …«

»Schokolade, Gänseleber!« stellte Nelli fest. »Hier unten bekommen sogar die Säuglinge nur Bohnen, die man ihnen durch ein Sieb passieren muß … Und das alles ist bestimmt gestohlen, oder?«

»Ich bin dir lange genug auf der Tasche gelegen.«

Er richtete sich sogleich häuslich ein, fläzte sich auf das vertraute Eisenbett. Er erkannte seinen kleinen alten Vulkanfiberkoffer in der Ecke, fragte aber nicht nach, wie der hierher zurückgekommen sei. Im übrigen lauteten die neuesten Nachrichten, daß Nellis Wohnung zwei Einschüsse abbekommen hatte, wobei die Kommode mit all der feinen Bettwäsche zerstört worden war, außerdem der Ofen, das Radio und einer der beiden Lederfauteuils. Dabei konnte das Ende der Belagerung nicht mehr fern sein, die Kämpfe tobten schon in der Magyarstraße und im benachbarten Károlyigarten. Beregi rührte sich nicht aus dem Holzverschlag, aber Nelli, die in den Luftschutzraum hinübergegangen war, um das Abendessen zuzubereiten, kam mit einer Kunde zurück, die der Lotteriekommissionär von einem SS-Mann hatte: Die Deutschen hätten sich in der Nacht nach Buda zurückgezogen.

Am Abend war es tatsächlich verdächtig still. Sie aßen zu zweit. Nelli hatte ein Kartoffel-Nudel-Gericht zubereitet, mit reichlich Zwiebeln und rotem Paprika, sie hatte dazu Speck gebraten, aus der Mikuczschen Beute. Aber ihre gute Laune von früher hatte sie noch nicht wiedergefunden, sie war zerstreut und mochte nichts essen. Das, was passiert war, hatte bei ihr Spuren hinterlassen. Beregi lobte ihre Kochkunst, um sie aufzuheitern.

»Vorzüglich, dieser Grenadiermarsch! Ein

einfaches Gericht, aber so, wie du es machst, schmeckt es ganz anders, keine kann das wie du …«

»Wieso denn, hat sie dich nicht gut bekocht, deine liebe kleine Pfeilkreuzlernutte?«

»Die Frau Mikucz?« Beregi kam in Schwung. »Daß ich nicht lache! Die hat nicht einmal den kleinen Finger gerührt, selbst den Tee mußte ich machen …«

»Ja, was tut sie denn den ganzen Tag?«

»Sie liegt auf dem Bett und säuft von früh bis spät, dann von spät bis früh … Ob du's glaubst oder nicht, auch das Putzen hat sie mir überlassen: Ich hab geheizt, gefegt, Staub gewischt, denk dir, sogar das Geschirr hab ich gespült …«

»Was, du hast arbeiten müssen, du Oberfaulpelz?« Nelli lachte auf, endlich wieder guter Laune.

»Was wär' mir anderes übriggeblieben? Sie hatte eine so große Pistole!«

»Du bist schon ein komischer Kauz, du!« Sie schüttelte den Kopf. »Was du mir angetan hast, wie du mich gedemütigt hast, darüber will ich jetzt gar nicht reden …«

»Ist ja gut, wir wollen jetzt keine alten Wunden aufreißen. Hauptsache, wir sind wieder zusammen.«

»Und das alles wegen der x-beinigen alten Schnepfe, dieser dummen Gans von Obristin! Ganz zu schweigen von diesem heimtückischen, heuchlerischen kleinen Kätzchen …«

»Das habe ich aber jetzt wiedergutgemacht, oder? Was verlangst du noch als Entschädigung?«

»Ist schon recht, du bist einfach ein komischer Vogel.«

Aber dann schmollte sie nicht mehr länger, sie zog Beregis Gesicht zu sich her.

»Wie dein Schnauz gewachsen ist! Das ist ja ein richtiger Urwald! Was ist los, hindert der dich jetzt vielleicht am Küssen?«

Sie schliefen nicht viel in dieser Nacht. Um Mitternacht erschütterte eine donnernde Explosion die Stadt, lauter als alle bisherigen, dann kurz darauf noch eine zweite. Das konnten nur die Elisabethbrücke und die Kettenbrücke gewesen sein, die anderen waren schon vorher gesprengt worden. Nelli drückte sich noch enger an ihn, sie zitterte am ganzen Körper.

»Mein süßer Schatz, du Lump, du Gauner, wie gut, daß du hier bist!«

Am Morgen, als Beregi aufwachte, war Nelli schon ganz angezogen. Sie umarmte ihn.

»Du bist frei, Józsi, mein lieber! Die Russen sind da!«

Er zog sich rasch an, sie stiegen hinauf in den Hof. Vier Russen, unter ihnen eine Frau, standen da vor der Pförtnerwohnung, umringt von den Hausbewohnern. Anscheinend wollten die Russen wissen, ob im Haus noch deutsche Soldaten oder Waffen versteckt seien, alle redeten durcheinander und gestikulierend auf sie ein. Gyulavári, der im Ersten Weltkrieg in sibirischer Gefangenschaft gewesen war, versicherte radebrechend, alle Deutschen hätten sich nach Buda zurückgezogen. Ein wenig weiter abseits entdeckte Beregi Frau Ferenczy und Adrienne, die Frau Oberst trug ein Kopftuch, ihre Tochter hüllte sich auch jetzt in ihren Kamelhaarmantel. Beregi nickte ihnen vorsichtig zu, doch sie schauten durch ihn hindurch, die Frau hakte sich bei Adrienne ein, und beide wandten sich ab.

Er sah auch den Oberstleutnant, diesmal in Zivilkleidung, samt Frau wieder, auch den beleibten Kommissionär für Lotterielose, Ildikó Gyulavári und die anderen. Frau Huszár, die Zahnarztfrau mit dem Robbenmantel, begrüßte ihn mit einem strahlenden Lächeln und wollte seine Hand gar nicht mehr loslassen.

»Lieber Herr Beregi! Wie geht es Ihnen? Wie ich mich freue, Sie zu sehen!«

»Danke der Nachfrage«, antwortete er. »Und

selbst, gnädige Frau? Alles in Ordnung mit der Wohnung?«

Interessant, dachte er, als er sie anschaute, diese Huszár wirkte im Keller viel älter; sie hat eine ganz nette Figur, und so, geschminkt und ohne Brille, sieht ihr Gesicht eigentlich ganz hübsch aus … Dann nahm er doch lieber die Russin, die rundliche junge Barischnja, in Augenschein. Ihre Miene war ernsthaft, aufmerksam, sie trug einen kurzen Rock, die Maschinenpistole umgehängt, die kleine runde Pelzkappe schief auf dem Kopf. Gar nicht so übel, stellte Beregi fest, aber die Soldaten hatten es eilig und zogen weiter, und die Barischnja mit ihnen.

Die ersten Tage waren ein einziger Tumult. Durch die trümmerübersäten Straßen strömten die Massen, Russen, Zivilisten mit verschiedenen Armbinden, Männer, Frauen und Kinder, die Handkarren zogen, Rucksäcke, Koffer und Bündel schleppten, die Menge staute sich vor Geschäften mit aufgebrochenen Rolläden, dann strömte sie weiter, jeder zog um, übersiedelte, suchte Angehörige, suchte seinen Platz. Sie gingen in Nellis Wohnung hinauf, um sich genauer umzusehen. Der Krieg hatte dieses nette kleine Nest, die zwei Zimmer und die Küche, arg verwüstet, in der Wand gähnten riesige Löcher, die

Fensterscheiben waren zersplittert, die Rahmen zertrümmert, der Wind trieb den Schnee ungehindert herein. Selbst die Küche, die doch auf den Hof ging, hatte einige Splitter abbekommen, die Vorzimmertür lag aus den Angeln gerissen da, der Ofen war in sich zusammengesunken. Nelli setzte sich in den einzigen heil gebliebenen Lehnsessel, zog die Beine unter sich und sagte nüchtern: »Tja, mein Katerchen, hier kann man nicht so bald wieder einziehen.«

»Also, was machen wir dann?« fragte Beregi.

»Ich gehe zu meiner Schwägerin in die Vorstadt, nach Rákospalota. So lange, bis ich die Wohnung irgendwie in Ordnung bringen kann.«

»Kannst du mich nicht mitnehmen?«

»Oje oje, mein Lieber, ich bin ja dort auch nur zu Gast, wenn sie mich überhaupt bei sich aufnehmen, sie sind ja selbst schon genug. Und das bißchen, was wir noch an Vorräten haben, wird auch nicht ewig reichen ...«

»Aber sobald die Dinge ins Lot kommen, findet man doch wieder alles«, wandte Beregi ein. »Arbeit, Lebensmittel, egal ...«

»Das mag schon sein, mein Kleiner, aber meine Kunden stammen in der Mehrzahl aus der Provinz, und es gibt keine Züge mehr; einstweilen wird es auch so bleiben ... Und ganz ehrlich, so versessen bin ich nicht darauf, sie wiederzusehen. Selbst wenn ich's wäre, ginge es nicht, schon wegen meiner Schwägerin, wenn ich bei ihr wohne …«

»Das heißt? Was hast du vor?«

»Man sagt, die Russen nehmen Näherinnen auf. Dort hätte ich zumindest zu essen.«

So standen also die Dinge, und dann stellte sich auf einmal heraus, daß auch Beregi nicht bleiben konnte. Eines Morgens suchte ihn eine ältere Frau auf, eine magere, schlecht angezogene, deutschsprechende Person, die aus dem Getto gekommen sein mochte, sie hatte noch nicht einmal den gelben Stern von ihrem Mantel abgetrennt. Woher sie seine Adresse hatte, blieb ihm schleierhaft, Beregi hätte sich gern vor ihr versteckt, doch sie fand ihn sogar im Halbdunkel des Luftschutzraums auf Anhieb. Sie zog ihn beiseite, in einen Winkel des Ganges, und flüsterte geheimnisvoll und eindringlich in deutscher Sprache auf ihn ein. Worum es ging, das erzählte Beregi Nelli erst später, als die Alte wieder weg war.

Sie war wegen zwei kleiner Jungen gekommen, die im Getto zu ihr gestoßen waren. Die Eltern und alle Angehörigen der Kinder waren verschleppt worden. Beregi sei der einzige noch lebende Verwandte, sonst hätten sie niemanden und nichts mehr. Die Familie besaß allerdings eine kleine Gemischtwarenhandlung in Baja, ganz gut eingeführt, mit einem ansehnlichen Kundenstamm. Sie dürfte genug einbringen, um damit die Kinder zu ernähren und großzuziehen, aber es gäbe niemanden außer ihm, Beregi, der hingehen könnte, um das Geschäft zu übernehmen.

»Und wo sind die beiden armen Wichte jetzt, die kleinen Waisen?« fragte Nelli und wischte sich eine Träne aus dem Auge.

»Bei dieser Frau in der Soroksáristraße.«

»Und warum können sie nicht bei ihr bleiben?«

»Sie ist nicht einmal mit ihnen verwandt, sie ist nur eine Nachbarin, und die Kinder sind zufällig bei ihr gelandet. Sie ist selbst schwerkrank, hat's am Herzen und muß jetzt ins Krankenhaus. Davon abgesehen könnten die Kinder keinesfalls dort bleiben, in der Soroksáristraße, die Wohnung sei schon anderen zugeteilt worden … Aber auch in Baja hätten sie niemanden, die ganze Familie ist ja deportiert worden, ich müsse sie hinunterbringen. Sie würden außerdem sehr schlecht aussehen, verhungert und zerlumpt. Es sei höchste Zeit.«

»Dann mußt du einfach gehen, Józsi, Lieber, da gibt es nichts.« Nelli nickte auf ihre ernsthafte Art.

»Auch wenn es mir das Herz bricht. Aber dein Maulwurfsdasein hier unten mußt du sowieso aufgeben, und Wohnung hast du eh keine …«

»Hatte ich nie.«

»Siehst du, dann ist es am Ende das Beste, was du machen kannst, und zwar je früher, um so besser. Laß die kleinen Waisen nicht länger warten … Und auf dem Land wirst du gut essen, es heißt, dort gibt es alles, Hühner, Gänse, Eier, du kannst dann die armen Kinder schneller aufpäppeln.«

»Du meinst also wirklich, ich soll gehen?« fragte Beregi zaghaft.

»Gott ist mein Zeuge, ich ginge ja mit dir, wäre da nicht diese elende Wohnung, an der ich so hänge. Das ist das einzige auf der Welt, was mir gehört, und ich muß versuchen, sie wieder herzurichten.«

Es sprach tatsächlich nichts dafür, noch länger zu warten. Nelli nähte aus zwei Lederriemen und verschiedenen Leinenfetzen einen passablen Rucksack zusammen, da packte sie die wenige Wäsche des Mannes hinein, Zigaretten und Lebensmittel, wobei sie den gemeinsamen Vorrat gerecht teilte. Drei Tage später brach Beregi nach dem Frühstück auf in die Soroksáristraße, um die Kinder zu holen und dann mit ihnen direkt weiter in Richtung Baja zu wandern, bestimmt würden sie unterwegs einen russischen Lastwagen anhalten können oder sonst irgend jemanden, der sie mitnehmen würde.

Nelli begleitete ihn ein Stück, hinter dem Kálvinplatz und der Lónyaistraße zogen sie weiter zum Stadtrand. Von Buda her war Kanonendonner zu hören, ein anhaltendes Grollen, eine Granate flog pfeifend über ihre Köpfe hinweg und schlug in der Ferne bei den Hügeln ein. Der Himmel war klar, die Luft lau, es waren ziemlich viele Leute auf den Straßen, sie trampelten sich regelrechte Pfade über Barrikaden und Trümmerhaufen hinweg. Auf dem Bakátsplatz kaufte sich Beregi eine Zeitung, er warf im Gehen einen Blick hinein und blätterte wie gewohnt gleich nach hinten.

»Aha, Ferencváros regt sich auch schon wieder«, bemerkte er. »Da steht es, daß sie ihre Spieler zusammensuchen.«

Auf dem Borárosplatz, wo die Soroksáristraße beginnt, beim Brückenkopf der im Wasser liegenden Horthy-Miklós-Brücke auf der Pester Seite, blieb er stehen.

»Du brauchst nicht weiter mitzukommen, von hier an gehe ich allein weiter und hole sie.«

Nelli blickte ihn traurig an. »Wir trennen uns also? Wirklich?«

»Ja, liebe Nelli, so ist das.« Beregi seufzte auf. »Unsere gemeinsame Zeit ist vorbei. Von nun an wird wohl alles anders. Vor uns liegen arbeitsame Jahre … So ist das Leben, und so wird es auch weiterhin sein: nur Arbeit, täglicher Kampf und Plackerei …«

»Mein armer Schatz, mein Häschen, was wird nur aus dir?«

Sie standen nebeneinander, traurig, erschöpft. Von dort, wo sie standen, konnten sie gut nach Buda hinübersehen, dort wurde noch heftig gekämpft, die Erde bebte, Rauchschwaden hingen in der Luft. In der Höhe zogen Kampfflugzeuge ihre Kreise, und es war in der klaren Luft sehr gut zu erkennen, wie sie über dem Gellértberg ihre Bomben der Reihe nach ausklinkten, die dann knallend explodierten. Nachdem die Flieger ihre weiten Kreise in den Himmel gezeichnet hatten, kamen sie zurück, um von neuem diese glänzenden Bälle auf die Erde fallen zu lassen. Beregi warf noch einen sehnsuchtsvollen Blick aufs andere Ufer.

»Könnte man nicht doch irgendwie dorthin kommen?«

»Es gibt keine Brücken.« Nelli schüttelte den Kopf. »Und es ist doch besser für dich, hier auf dieser Seite … Was würde sonst aus den zwei Waisenkindern werden?«

Sie umarmten einander noch einmal wehmütig, noch einmal schmiegte sich Nelli an seine Brust.

»Wie soll ich nur ohne dich leben, du Halunke?«

»Liebste Nelli, ich werde nie mehr so glücklich sein, wie ich es mit dir war.«

»Mein liebes Herz! Komm, küß mich noch einmal ...«

Beregi warf sich den Rucksack über die Schulter und machte sich daran, die unendlich lang scheinende Soroksáristraße entlangzumarschieren, auch jetzt ohne Kopfbedeckung. Nelli schaute ihm lange nach, und ihre Augen füllten sich mit Tränen der Zärtlichkeit; dieser Józsi, ach dieser Józsi, wie groß er doch ist, und wie dunkel.

Nachwort

Von Marion van Renterghem

Sich mit seinem Vornamen durchzusetzen, erschien Ferenc Karinthy ein Ding der Unmöglichkeit. Denn er hatte sich gegen den »anderen Karinthy« zu behaupten, den ersten, den von den Ungarn vergötterten Schriftsteller, Autor von Tausenden von Novellen, Chroniken, Sketchen, Gedichten, Theaterstücken und vor allem eines denkwürdigen Romans, *Reise um meinen Schädel*, wo er mit unvergleichlicher Komik die Operation seines Hirntumors beschreibt. Dieser geliebte Rivale ist sein eigener Vater, Frigyes Karinthy (1887–1938).

Beide, Vater und Sohn, bilden eine kleine Dynastie in der Welt der ungarischen Literatur. Von Frigyes erbt Ferenc zunächst seinen eindeutigen Hang zur Farce: War es doch Frigyes' Devise, »in Sachen Humor niemals zu scherzen«, und was dies betraf, war er, sowohl in seinen Werken wie auch in seiner täglichen Haltung, von einem unerbittlichen Ernst. Denn Humor war für ihn mehr als ein Lebensprinzip, es war eine Geisteshaltung und die subtile Triebkraft seines so einzigartigen Schreibens, das sich immer auf der Grenze zwischen Realismus und dem Absurden bewegte, zwischen dem Tragischen und dem Lächerlichen. Aber jenseits seiner Person war es der Geist einer Epoche, zu deren Verkörperung er beitrug, einer Art mythischem goldenem Zeitalter: der noch unschuldigen Jahrhundertwende um die Zeitschrift *Nyugat (Westen)*, gegründet 1908, fortschrittlich, literarisch, nach Westen gewandt, modern, deren Standbein und agilster Beiträger Frigyes Karinthy war, zusammen mit den Schriftstellern Gyula Krúdy und vor allem Dezső Kosztolányi, seinem unzertrennlichen Freund.

1921 wurde Ferenc Karinthy geboren; er war siebzehn Jahre alt, als sein Vater starb – der dies auf eine Weise tat, die einer seiner Farcen entstammen konnte: nämlich beim Binden seines Schnürsenkels. Ferenc weiß zu diesem Zeitpunkt bereits, daß er alles versuchen muß, um diesem übergroßen Schatten zu entkommen, das heißt, der Literatur zu entkommen. Er studiert Linguistik, unterrichtet Italienisch an der Universität Budapest, brilliert bei Fernsehsendungen mit seiner glänzenden Allgemeinbildung, beginnt eine Laufbahn als Athlet, wird Wasserballchampion und Ehrenpräsident eines großen Sportklubs, verfaßt ein paar Novellen über den Sport … und die Literatur holt ihn, gegen seinen Willen, wieder ein: Er schreibt Novellen, Romane, Reportagen, Theaterstücke und, nach 1945, einige Dokumentarberichte über das Leben des Volkes und den Aufbau des Sozialismus. Sein kommunistisches Engagement dauert allerdings nicht viel länger als vier Jahre. Mütterlicherseits jüdischer Herkunft, hatte er persönlich unter den antijüdischen Gesetzen des Horthy-Regimes zu leiden gehabt und schwört daher jeglicher politisch aktiver Haltung ab – der er sich vorübergehend angeschlossen hatte, aus Anerkennung für die Befreiung Ungarns durch die Sowjets. 1956 verlassen die meisten seiner Freunde das Land. Er bleibt, denn er sagt: »Mein Leben, das ist meine Sprache.«

Ferenc Karinthy übersetzt Cocteau, Molière und Goldoni und läßt zunehmend seine eigenen Texte in der Schublade, weil sie als zu regimekritisch eingeschätzt werden. 1970 veröffentlicht er *Epepe*, diesen subtil-beklemmenden Roman, die Geschichte eines Linguisten, der in einem Land festgehalten wird, dessen Sprache für ihn rätselhaft und undechiffrierbar bleibt – die unmißverständliche Darstellung eines totalitären Systems. Zu diesem Zeitpunkt haben in Ungarn bereits die Jahre der »gemäßigten Diktatur« begonnen: Die Zensur wird nachlässiger, und die Behörden können ihr Imprimatur dieser so eindeutigen Allegorie geben – sie glauben, daß sie damit nicht mehr gemeint sind. Die Leser jedoch, sie verstehen es richtig. Mehrere zehntausend Exemplare von *Epepe* werden verkauft; es ist das Werk, das Karinthy endgültig berühmt macht.

Als Kriegsdeserteur hat Karinthy 1944 selbst die Atmosphäre in den Luftschutzkellern kennengelernt, die er in der hier vorliegenden Novelle schildert und der er eine so eigentümlich fiktive Wendung gibt (in Ungarn 1972 erschienen). Sonst immer distanzierter Beobachter, zynisch, ironisch, von beißendem Witz, macht er sich hier einen Spaß daraus, etwas Unrealistisches zu erfinden: das Leben des Józsi Beregi, eines jungen ungarischen Juden in Budapest im Dezember 1944. Es ist Weihnachten, Ungarn ist seit dem März des vorangegangenen Jahres von den Deutschen besetzt, die faschistische Bewegung der Pfeilkreuzler durch einen Staatsstreich an die Macht gelangt, die Juden werden in Vernichtungslager geschickt. Jemand, der wie Józsi Beregi zugleich jung, ungarisch und jüdisch ist, kann nur noch durch ein Wunder am Leben sein, ein Wunder, dessen Geheimnis uns Karinthy nicht verrät. Zu der Zeit, in der sich die Handlung des Romans ereignet, sind junge Ungarn an der Front, um gegen die Sowjets zu kämpfen, die sich von Juni 1941 an mit Ungarn im Krieg befinden; die jungen Juden dagegen, seit den Rassengesetzen von 1940 in der Armee unerwünscht, werden als Zwangsarbeiter in die Ukraine deportiert, in deutsche Arbeitslager oder nach Auschwitz.

Józsi Beregi aber, entgegen aller »Logik«, ist noch da: notdürftig maskiert durch seinen großen Schnurrbart, ein Don Juan inmitten der Frauen des Wohnhauses, in dem er sich versteckt. Budapest ist von den Russen umzingelt, und diese Belagerung, die sechs Wochen dauert, macht die Deportation der rund 200 000 in der Stadt überlebenden Juden – Frauen, Kinder, Alte – unmöglich. Eine trügerische Hoffnung, denn während des bangen Wartens auf die Befreiung müssen die Juden den Bombardierungen entkommen, dem Hunger – und den Pfeilkreuzlern, die sie verfolgen, um sie am Ufer der Donau zu erschießen. Dies jedoch steht bei Karinthy nur zwischen den Zeilen, denn seine Absicht war es, den tragischen Nachhall seines Romans auf ebendieser Diskrepanz zwischen dem Grauen der historischen Wirklichkeit und der frivolen Sorglosigkeit seines Helden zu gründen. Als ein wie durch ein Wunder Unversehrter treibt Józsi Beregi die Unwahrscheinlichkeit so weit, daß er am Ende die Pfeilkreuzlermilizin verführt, die gekommen war, um ihn zu exekutieren.

Auf bizarre, köstlich verspielte Weise unterhaltsam ist diese unrealistische Inszenierung eines jungen Juden, der in der größten Weltuntergangsstimmung umhegt und umsorgt wird von einer Prostituierten, einer Kleinadeligen, einer kessen Halbwüchsigen und sogar einer militanten Pfeilkreuzlerin, der von den Wochen im Luftschutzkeller, den Razzien, den Deportationen und Exekutionen nichts im Gedächtnis behält als eine glückliche Parenthese, in der er seine heimlichen Lieben ausleben konnte. Es ist ein lächerliches und tragisches »goldenes Zeitalter«, in dem der verrückte Held, letzter Überlebender seiner Art, beschließt, der Barbarei der Geschichte seinen Willen zum Glück entgegenzusetzen. Am Ende wird er sich der beiden Waisenkinder annehmen, die man ihm anvertraut – wie als Zeichen für einen Neubeginn seines Volkes. Ferenc Karinthy, der am 29. Februar 1992 gestorben ist, hat sich den Luxus dieses ironischen, fröhlichen Augenzwinkerns erlaubt. Denn, wie gesagt, mit Humor ist ebensowenig zu scherzen wie mit Tragik.

Zeittafel

2. Juni 1921 Geburt Ferenc Karinthys in Budapest als Sohn des berühmten Schriftstellers Frigyes Karinthy und seiner Gattin, der jüdischen Psychiaterin Aranka Böhm.

1938 Plötzlicher Tod des Vaters zwei Jahre nach dessen Gehirnoperation. Ferenc besteht sein Abitur mit Auszeichnung, er wird am Collegium Eötvös angenommen (einer Eliteuniversität), aber kann aus finanziellen Gründen sein Studium dort nicht aufnehmen. Er wird Angestellter im Seilergeschäft des Bruders seiner Mutter – Thema seiner späteren Novelle *Mein Onkel Tibor*.

1939 Studium der Hungaristik und Romanistik an der geisteswissenschaftlichen Universität Budapest.

1943 Verschleppung und Ermordung seiner Mutter in Auschwitz.

1945 Eheschließung mit Agnes Gyimesi, Kriegswitwe und Mutter einer kleinen Tochter, Judith. Doktorarbeit an der Universität Budapest über *Italienische Lehnwörter in der ungarischen Sprache*. Dozent an der Italienischen Fakultät. Intensivierung der eigenen literarischen Tätigkeit.

1947/48 Stipendium der Universität Paris.

1949 Zweites Stipendium: Er verbringt sechs Monate in Rom. Geburt seines Sohns Márton.

1950–52 Literarisches und politisches Engagement, Veröffentlichung von Reportagen, Novellen, Romanen.

1953 Veröffentlichung des Romans *Frühling in Budapest*, der von Félix Máriássy verfilmt wird. Auszeichnung mit dem Kossuth-Preis, der höchsten künstlerischen Auszeichnung Ungarns. Enttäuscht von der Regierung, schließt er sich dem Petőfi-Kreis an. Anhänger der ersten Regierung Imre Nagys und dessen Reformen.

ab 1954 Abwendung vom Regime, Niederlegung sämtlicher politischer Aktivitäten. Er bleibt Beobachter seiner Zeit.

1956 Der Aufstand von 1956 ist das Thema seines Romans *Herbst in Budapest.*

ab 1957 Karinthy lebt ausschließlich von seinen literarischen Werken: Theaterstücke, Romane, Novellen, Übersetzungen. Zahlreiche Aktivitäten für den Pen-Club.

1960–70 Dramaturg, Textbearbeiter am Nationaltheater Budapest unter der Leitung von Tamás Major.

ab 1963 Reisen nach Westeuropa, nach Skandinavien, in die Vereinigten Staaten, nach Kanada, Japan, Israel und in die Sowjetunion; Forschungsarbeiten auf dem Gebiet der finnougrischen Sprachen. Tätigkeit als Fernsehmoderator und als Moderator diverser Kultursendungen im Rundfunk.

1970 Veröffentlichung des Romans *Epepe*, seines größten literarischen Erfolgs.

1970–85 Enge Zusammenarbeit mit Ottó Ádám, Direktor des Madách-Theaters. Adaptationen großer Texte der Weltliteratur.

1972 Der Roman *Aranyidő (Das goldene Zeitalter)* erscheint.

1980–85 Künstlerisch-literarischer Berater der Theater in Debrecen und in Szeged. Die profunde Kenntnis der Arbeit an Provinztheatern wird ihn zu seinem Roman *Erste Schöpfung* inspirieren.

1987–92 Aus gesundheitlichen Gründen muß Ferenc Karinthy seine literarischen Aktivitäten zunehmend einschränken. Er stirbt in Budapest am 29. Februar 1992.

Karinthys Tochter Judith lebt seit 1963 in Paris; sie ist Dolmetscherin und literarische Übersetzerin. Sein Sohn Márton ist Theaterregisseur; seit 1990 leitet er das von ihm gegründete Karinthy-Theater in Budapest.

Weitere Bücher aus dem
SchirmerGraf Verlag

János Székely
Verlockung

Roman. Aus dem Ungarischen von Ita Szent-Iványi. 812 Seiten. Leinen mit Schutzumschlag und Lesebändchen. 5. Auflage

»Von der Donau her wehte ein lauer Wind, der Blumenduft und ein paar Fetzen einer fernen, fast unwirklichen Musik mit sich führte. Es war alles wie ein Traum …«

Béla kann sein Glück kaum fassen, denn noch scheint diese Welt im Luxushotel, wo er seit kurzem als Liftboy arbeitet, unerreichbar für ihn: ebenso verführerisch wie gefährlich, bevölkert von Spionen, korrupten Gestalten aus der Halbwelt und gleichzeitig den Reichen, Schönen, die nur nachts zu leben scheinen …

Gerade erst ist Béla seiner Kindheit entronnen, die er als eines von acht Pflegekindern bei der berüchtigten Tante Rozika auf dem Dorf verbrachte, wo er auf Stroh schlafen und für sein Essen arbeiten mußte. Als Béla mit vierzehn in die Budapester Vorstadt zieht, ist sein Entschluß gefaßt: Er will die Armut hinter sich lassen und sie erobern, diese märchenhafte andere Welt. Als im Hotel eines Nachts die geheimnisvolle schöne Gattin Seiner Exzellenz nach ihm klingelt, glaubt Béla seine Stunde gekommen.

»Ein unglaubliches Buch! Mit diesem Buch kann uns dieser Sommer völlig verregnen, hier sind Sie mit einer phantastischen Geschichte im Trocknen …« *Elke Heidenreich in Lesen!*

»Man kann für dieses Buch in unbändige Begeisterung entflammen.« *Adam Olschewski, Neue Zürcher Zeitung*

János Székely
Der brave Swoboda

Roman. Aus dem Englischen von Leon Scholsky. 171 Seiten. Leinen mit Schutzumschlag und Lesebändchen

Zum ersten Mal auf deutsch: János Székelys brillante, visionäre Parabel um den böhmischen Dienstmann Swoboda erschien als Roman bereits 1943 in New York und feierte 1944 als Theaterstück am Broadway Triumphe.

Es ist Swoboda, der gutmütige Narr, durch dessen Augen der politische Wahnsinn, wenn er Methode hat, in seinem grellsten Licht leuchtet. Anhand des Schicksals dieses gutmütigen Einfaltspinsels wird in diesem meisterhaften Roman, der seine Figuren ebenso liebevoll wie satirisch schildert, eine kurze, aber tödliche Epoche lebendig, die sich jedoch jederzeit und überall wiederholen könnte. Durch die Augen eines Narren sieht die Wahrheit hinter den großen Weltereignissen erschreckend klar aus: Menschenverachtung bringt Feiglinge ebenso hervor wie Märtyrer.

Stephen Vizinczey
Wie ich lernte, die Frauen zu lieben

Die amourösen Erinnerungen des András Vajda. Roman. Aus dem Englischen von Carina von Enzenberg. 308 Seiten. Leinen mit Schutzumschlag und Lesebändchen. 2. Auflage

Der berühmte literarisch-erotische Klassiker aus dem Jahr 1965 – ein Weltbestseller, dessen Publikationsgeschichte fast so ereignisreich und spektakulär ist wie das Schicksal seines Protagonisten. András Vajda, Literaturprofessor an einer amerikanischen Universität, huldigt rückblickend den Frauen, die ihn im Budapest der Nachkriegszeit die Liebe lehrten.

Klári und Ilona, Zsuzsa und Boby, Paola und Ann – András ist der Mann, der die Frauen liebt, und dies nicht als zynischer Schürzenjäger oder Don Juan, sondern als aus seiner alten Welt Vertriebener, als Exileuropäer, für den die Frauen zur wahren Heimat geworden sind. Es ist Maya, die sanfte, geheimnisvolle Nachbarin András' zu Studentenzeiten, die ihm die Erkenntnis offenbaren wird, die sein lebenslanges Credo wird: Man sollte sich nur von erfahrenen Frauen zeigen lassen, wie die Liebe geht.

»Eines der lesbarsten, eines der vergnüglichsten, eines der weisesten Bücher der Weltliteratur.« *Arno Widmann*

»Und tatsächlich ist dieser Roman so erfrischend, so lässig, so unterhaltend und so fein, daß er es verdient hat, sich noch einmal ein großes Publikum zu erobern.« *Ijoma Mangold, Süddeutsche Zeitung*

Stephen Vizinczey
Die zehn Gebote eines Schriftstellers

Essays zur Weltliteratur. Aus dem Englischen von Melanie Walz und Bernhard Robben. 282 Seiten. Leinen mit Schutzumschlag und Lesebändchen

Erstmals auf deutsch: die international gerühmten, ebenso gehaltvollen wie pointierten Essays zur Weltliteratur des großen ungarisch-kanadischen Autors und Literaturkritikers. Stendhal und Balzac, Tolstoi und Gogol, Herman Melville und Vladimir Nabokov, Kleist, Goethe und Thomas Mann – dies sind die Stars dieser Sammlung, aber unter dem gleichzeitig schwärmerischen wie unerbittlichen Blick Stephen Vizinczeys erscheinen einige von ihnen in einem ganz neuen Licht.

»Es gibt zwei grundlegende Arten von Literatur, die eine hilft zu verstehen, die andere hilft zu vergessen. Erstere hilft, ein freier Mensch und freier Bürger zu sein, die andere hilft, den Leser zu manipulieren; die eine ist wie Astronomie, die andere wie Astrologie. Problematisch an dieser Analogie ist nur, daß für die meisten Menschen der Unterschied zwischen Astronomie und Astrologie, zwischen Wissenschaft und Humbug, klar und eindeutig ist, der Unterschied zwischen wahrer und falscher Literatur aber nicht. Schmeicheleien, Notlügen, Prahlereien, Illusionen und Selbsttäuschungen werden immer wieder für große Literatur gehalten, während große Literatur selbst oft genug beschimpft, ignoriert und unterdrückt wird.«

»Intelligente, rabiate, manchmal anfechtbare, aber nie langweilige Lektüren eines heißen Herzens.« *Paul Ingendaay*

Sybille Bedford
Treibsand

Erinnerungen einer Europäerin. Aus dem Englischen von Matthias Fienbork. Ca. 380 Seiten. Leinen mit Schutzumschlag und Lesebändchen

Die Erinnerungen der Kosmopolitin, die Literatur, Reisen und gutes Essen fast so sehr schätzte wie ihre Freundschaften mit den europäischen Künstlern und Dichtern ihrer Zeit, sind eine Fundgrube für all jene Leser, die sich den Reichtum und die Dramatik des 20. Jahrhunderts anhand einer außergewöhnlichen Lebensgeschichte vor Augen führen möchten.

Es sind die tatsächlichen Orte, die authentischen Namen, die wahren Begebenheiten, die diese Erinnerungen zu einem kostbaren Zeitdokument einer der letzten großen europäischen Femmes de lettres machen. Erinnerungen, die von Sybille Bedfords Kindheit auf einem badischen Schloß ins Berlin der zwanziger Jahre führen, nach Rom und an die Côte d'Azur, wo sie mit der exilierten europäischen Intelligenzija das Leben einer Bohemienne führte, bis nach New York und ins London der Nachkriegszeit.

»Sybille Bedford ... beschwört die Welt von gestern in ihrer eigenwillig-impressionistischen, überaus suggestiven Prosa, ohne der Nostalgie zu verfallen ... Eine der großen Schriftstellerinnen des 20. Jahrhunderts.« *Gina Thomas in ihrem Nachruf in der Frankfurter Allgemeinen Zeitung*

Sybille Bedford
Ein Liebling der Götter

Roman. Aus dem Englischen von Sigrid Ruschmeier. 380 Seiten. Leinen mit Schutzumschlag und Lesebändchen. 2. Auflage

An einem strahlenden Herbsttag der späten zwanziger Jahre reist die junge Flavia zusammen mit ihrer schönen Mutter Constanza von Italien an die Côte. Eigentlich hatten die beiden vor, nach Brüssel weiterzufahren, wo Constanza sich neu vermählen wollte – aber da ihr im Zug ein wertvoller Ring geklaut wird, verzögert sich die Reise erst einmal ... Zeit genug für einen Rückblick, der bei Constanzas Mutter Anna Howland beginnt. Die mondäne, neugierige, unternehmungslustige Amerikanerin erobert das alte, adelige, dekadente Europa ... Und Flavia, ihre Enkeltochter, die nun in einem Fischerdorf an der Côte d'Azur festsitzt, hofft inständig, am Ende doch noch nach England gehen zu können, um dort die Schulbildung zu erlangen, von der sie immer geträumt hat, und sich aus dem Bannkreis ihrer weiß Gott extravaganten Familie zu befreien.

Einer der berühmtesten europäischen Gesellschaftsromane des 20. Jahrhunderts in neuer Übersetzung.

»Eine glänzend erzählte Geschichte, die stilistisch an Henry James erinnert.« *The New Yorker*

»Ein elegant-ironisches Familienporträt ..., in dessen Mittelpunkt drei wundervolle Frauen stehen.« *Brigitte*

Ein »grandioser Roman ... in erstklassiger Neuübersetzung.«
Frankfurter Allgemeine Sonntagszeitung